리얼충도 오타쿠도 되지 못하는 나의 청춘

Between R and O,
Neither R nor O. Who am I?

히로사키 류 지음
토우마 키사 일러스트

KB056652

2차원이 불타고 있었다.

불태우는 사람은, 같은 반의 오타쿠 여자였다.

슬슬 해가 지려는 시간대. 장소는 인적이 적은 공원. 그런 평화로운 일상 풍경과는 전혀 어울리지 않는 새빨간 불길과 새카만 연기.

"저거, 우리 교복이네."

나와 둘이서 귀가중인 같은 반 리얼충 여자가 손가락으로 가리킨 방향에.

그 녀석은 혼자 서 있었다.

팬북을, 피규어를, 태피스트리를, 가슴 마우스패드를, 머리 위에서 깨부술 기세로 불속으로 내던지고 있었다.

"…저기."

"으햐아앗!"

등 뒤에서 들려오는 내 목소리에 놀라 펄쩍 뛰는 오타쿠 여자.

아마 다음으로 불태우려 했던 듯한, 자기 몸보다도 큰 다키마쿠라를 가슴에 안은 자세로 약 7초간 경직된 후에.

"…저기요―."

"료, 료료료, 료타 씨?"

천천히, 또 천천히, 이쪽을 돌아보았다.

그 표정은, 굳이 비유하자면 〈아이돌 파이브!〉 애니 1기 5화에서 자신의 정체가 아이돌 연구부 부장이라는 사실이 하급생 모두에게 들통 났을 때의 마법소녀 미코미처럼 딱딱하게 굳은 웃음이었다.

얘가 왜 이런 불장난을 저지르고 있는 건지.

나로서는 전혀 알 수 없었다.

그건 아마, 내가 오타쿠가 아니기 때문이겠지.

아라카와 료타, 고등학교 2학년.

리얼충이 아니다.

오타쿠도 아니다.

…아니, 정말로, 어느 쪽도 아니라니까.

1장 금요일의 예이 양

2차원에 모에하고 있다.

같은 반 오타쿠 여자가 커다란 목소리로 그렇게 어필하고 있었다.

시간대는 입학식이 갓 끝난 아직 밝은 방과 후. 장소는 입부 권유 경쟁이 벌어지고 있는 사람으로 가득한 교정. 그런 비일상 공간의 카오스를 가속 시키는 새빨간 깃발과 새카만 바주카.

물론 진짜가 아니라 코스프레용 소도구다.

"반사도(反社道)는 아가씨의 소양~☆"

애니메이션 대사를 입에 담으며 자신만만하게 포즈를 취하는 오타쿠 여자.

나는 오타쿠가 아니라서 코스프레를 평가하는 기준은 잘 모르지만, 그런 내 눈으로 보기에도 퀄리티가 대단하다. 바람에 펄럭이는 깃발도 어깨에 짊어진 대포도 각각 길이 1미터는 족히 될 텐데. 노출이 많은 세일러복이나 긴 은빛 가발도 매우 훌륭하다.

그리고 무엇보다 얼굴에 고득점.

원래부터 귀엽게 생긴 사람이 귀여운 캐릭터 분장을 했

으니 그야 귀여운 게 당연하다.

"동틀 녘의 지평선에, 정의를 새기자~☆"

저 사람의 이름은 오타쿠라 카나메.

나는 남몰래 '오타쿠 공주님(히메사마)', 오타히메라고 부르고 있다.

왜냐하면 오타히메는 언제나 추종자들에게 둘러싸여 있으니까.

"아아~. 카나메 씨, 귀엽다 아이가~."

"원래부터 천사인 카나메 씨가 베른이라는 캐릭터와 융합해서 여신으로!"

"고귀하다…, 고귀해…!!"

호들갑스럽게 떠들어대는 오타쿠 남자 세 명.

"냐핫, 고마워~☆"

만족스러운 듯이 미소를 짓는 오타히메.

소리만 들어도 상당히 괴로운 대화다. 가뜩이나 허용범위에 아슬아슬한 수준이었는데, 오늘은 완전히 넘어선 안 될 선을 넘어버렸다.

왜냐하면 오타히메를 제외한 셋도 코스프레를 하고 있으니까.

다시 말해, 노출이 많은 세일러복을 입고 있다.

2차원에서나 존재하는 미소녀 뺨치는 여장남자 같은 멋진 생물이 아니다. 응, 절대로 아니다. 아주아주 평범한 남자 오타쿠들이 종잇장처럼 허접한 옷감으로 만든 의상을 입고서 스커트 자락을 펄럭거리고 있다는 소리다.

…아, 제발 좀. 적어도 다리털 정도는 깎고 와 줘.

오타히메의 코스프레가 눈부신 만큼 나머지 셋과의 갭이 엄청나게 강조되어, 전체적으로는 너무나 이상한 분위기를 뿜어내고 있었다.

하지만, 어쩌면 그렇게 느끼는 사람은 나뿐일지도 모른다.

"우와, 대단하다—."

"코스프레를 직접 보는 건 처음이야."

아마 1학년으로 보이는 남학생 둘이서 이런 대화를 하고 있으니까.

"베른 한 사람, 엄청 귀여운데."

"하지만 6돌격대의 나머지 셋은 좀 너무하지 않아?"

"그렇긴 하지만, 다들 즐거워 보이네."

"아, 그건 맞지."

외모는 비교적 리얼충 쪽인데, 오타쿠나 알 법한 고유명사가 줄줄이 나온다.

그런 남학생들의 시선을 오타히메는 놓치지 않았다.

"오옷? 오옷? 오옷? 너희 혹시 신입생? 애니나 게임 같은 거 좋아하는 신입생?"

깃발을 흔들고 바주카의 포구를 들이대며 남학생들에게 급속 접근. 만약 저게 진짜라면 공포에 질려 움직이지도 못할 행동이다. 물론 가짜지만, 그래도 '엄청나게 귀여운' 오타쿠 여자가 코스프레를 한 채로 접근한다면 이건 이것 대로 움직일 수 없겠지. 응.

"혹시 그렇다면~☆"

오타히메는 그들을 애원하듯 올려다보며 권유했다.

"우리 OTA단의 동지가 되지 않을래?"

내가 다니는 츠쿠모 학원에는 10년쯤 전부터 조금 특이한 부가 존재한다.

OTA단.

오티에이 단이라고 읽는다.

오타쿠들 사이에서 폭발적으로 유행(당시)했던 모 애니메이션의 영향으로, 어느 여고생 한 명(당시)이 이런 부를 만들어 버렸다고 한다.

부활동 내용은 아키하바라를 오지게 떠들썩하게 할 어쩌고저쩌고. 츠쿠모 학원에서 아키하바라까지는 15분도 걸리지 않으니 그 말이 의미하는 바를 전혀 모르는 건 아니지만, 차분하게 생각해 보면 그래도 역시 의미를 모르겠다.

단적으로 말하자면, 오타쿠의 오타쿠에 의한 오타쿠를 위한 부.

오타쿠 용어로 말하자면 즉, 정체불명의 부다.

이 정체불명의 부는 창설자가 한참 전에 졸업한 지금도 왕성하게 활동하고 있다. 입학식 날에는 애니메이션 코스프레를 하는 것이 연례행사다.

1년 전에는 나도 신입생이었으니 상급생에게 전단지를 받는 쪽이었다.

그리고 1년이 지나 상급생이 된 나는, …다시 한번 전단지를 받게 되었다.

교정에서는 축구부 리얼충님들이 리프팅을 하거나, 댄스부 리얼충님들이 세로로 늘어서서 시간차 회전을 선보이고 있었다. 신입생의 주목을 모으기 위해 각 부의 부원들이 온갖 노력을 기울이고 있다는 소리다.

그런 격전구에서도 OTA단의 주목도는 대단히 높았다.

조금 더 정확히 말하자면, 여장 코스프레를 한 3인조를 5초 이상 보면 눈이 썩기 때문에 모두의 시선은 오타히메 한 명에게만 집중되어 있었다.

곁눈질을 하다 보면 걷는 속도가 느려진다. 그러면 감속한 순간을 정확히 노려 잠복 중이던 다른 부원이 전단지를 건네준다.

그런 시스템일 것이다.

시스템은 그렇겠지만 실제로는 제대로 돌아가지 않는 듯했다.

"오-티-에이- 단입니다아…. 잘 부탁드려…요….'"

단언컨대, 원인은 바로 얘.

조금 떨어진 장소에서 조용히 전단지를 나눠주고 있는 오타쿠 여자.

이 학교 교복을 평범하게, 교칙대로, 모범적으로 착용하고 있다. 키가 작고 머리카락은 검다. 딱히 눈에 띄는 모습이 아니라는 건 확실히 불리하지만, 문제의 본질은 그게 아니다.

일단 목소리가 너무 작다.

그리고 전단지를 건네주려는 상대의 얼굴을 보지 않고 계속 발밑만 쳐다보고 있다.

그런 자세로 팔만 뻗어봐야 사람들이 받아주지 않는 것도 당연하다.

"오티에이 단입니…, 고, 고맙습니다아…."

누군가가 받아줘도 그다음이 없다. 고맙다고 인사하면 그걸로 끝. 신입생은 전단지를 접어서 그대로 가 버린다.

그런 면에서 오타히메 쪽은 어떠냐면,

"OTA단의 동지가 되면, 뭐든 할 수 있다니까~☆"

"응? 카나메 씨, 지, 지금 뭐든?! 뭐든 한다고…?!?!"

"가슴이 뜨거워지는군요."

"존귀하다…, 존귀해…!!"

"…으음, 저기, 구체적으로 뭘 할 수 있나요?"

"오옷? 오옷? 오옷? 흥미가 좀 생겼니~?"

조금 강매 느낌도 나지만, 신입생을 잡아두는 데에 성공하고 있다.

저쪽과 이쪽의 광경은 상당히 대조적이었다.

점점 더 딱하게 느껴지던 차에, 내 앞에도 전단지를 불쑥 내밀었다.

"잘, 부탁드립니다아⋯."

여전히 고개를 숙인 채로 팔만 내 쪽으로 뻗고 있었다.

무시하는 것도 실례라고 생각해 나는 전단지를 받아들었다.

"고, 고맙습니다아⋯."

"고생 많네–."

"어?"

이제서야 드디어 얼굴을 들었다.

"아, 료, 료타 씨?"

"⋯정말로 알아채지 못했나 보네."

"아, 미, 미안. 에헤헤헤."

쑥스러움을 감추듯 웃었다. 표정을 보아하니 조금이기는 해도 긴장이 풀어진 듯하기도 했다.

이 아이의 이름은 니노마에 나나코.

나는 남몰래 '이나고 양*'이라고 부르고 있다.

---

* 일본어로 철새 라는 뜻.

왜냐하면 이나고 양은 석 달마다 '신부'가 바뀌는 타입의 그림쟁이니까.

"…요즘엔 반코네 그리나 봐?"

"으, 응. 2기도 시작했으니까."

받아든 전단지에는 신입생 운운하는 문구와 함께 로리 캐릭터 4인조가 그려져 있었다. 깃발이나 바주카는 가지고 있지 않지만, 이 노출도 높은 세일러복은 바로 몇 초 전에 보았다.

애니메이션 〈반사회적 코넥션 ~반코네~〉에 등장하는 '제6돌격대'다.

원작 게임은 유저수 천만 명 돌파. 애니 1기의 영상디스크 판매량은 10만 장 이상. 이견의 여지가 없는 인기 콘텐츠라고 할 수 있으리라. 등장하는 캐릭터는 100명 이상이지만 이 4인조는 특히 지명도가 높아 신참 호객용 캐릭터라고도 불린다.

즉, 완벽하게 이나고 양이 그릴 만한 캐릭터다.

"역시, 그렇잖아? 약속된 패권, 이니까? 탈 수밖에 없지, 이 빅 웨이브에! 라고 할까. 에헤헤헤."

"…그렇구나."

패권.

춘하추동 각각의 계절에 오타쿠 업계에서 가장 유행하는 작품을 뜻하는 단어.

계절이 끝날 때까지 결판이 나지 않는 경우도 많지만, 이번 분기는 아마 시작 전부터 반코네 원톱 확정일 거다.

"꼭 일년 전 봄 같네."

그런 생각이 들어 그대로 입 밖에 내 보았다.

이나고 양이 움찔 하고 반응하는 것처럼 보였다.

"이…, 일년 전, 봄."

"약속된 패권. 딱 아이돌 파이브 2기가 시작되는 타이밍에 선배들이 코스프레를 하고 있었잖아, …남자 다섯이서."

"으음, 그, 그랬, 지…. 아이돌 파이브의 곡, 노래하고, 춤도 추고."

"솔직히 그건 지옥도가 따로 없었지만."

다리털도 깎지 않은 여장남자 5인조.

쓸데없이 세련되어 쓸데없는 구석이 없는 쓸데없는 움직임.

떠올리기만 해도 쓴웃음이 난다.

뭐, 그때는 여자부원이 없었으니 그러는 수밖에 없었겠지만.

그런 남자 오타쿠밖에 없는 OTA단에 오타히메와 이나고 양, 이렇게 여자부원이 둘이나 입부 했으니 잘 생각해 보면 상당한 기적이다.

그리고 입부한 후에.

오타히메는 곧바로 자신도 아이돌 파이브의 코스프레를

선보였다. 어디서 조달했는지는 모르겠지만, 선배들이 입은 종잇장 같은 기성품보다 훨씬 퀄리티가 좋은 의상이었다. 게다가 오프닝 곡의 안무를 완벽하게 외우고 있어서, 동영상을 찍어 인터넷에 올렸더니 순식간에 재생 횟수가 5만을 넘어갔다.

이나고 양은 오로지 아이돌 파이브의 그림을 그리고 있었다. 낙서라는 명목으로 매일 한 장씩 생산되는 흑백 일러스트는, 선도 명암처리도 엄청나게 깔끔해서 어떻게 봐도 낙서 같은 게 아니었다. 최애캐인 미코미는 가끔 컬러 일러스트도 그리는 모양인데, 그것을 올렸더니 순식간에 북마크 등록 5000명을 넘어가는 기록을 세웠다.

두 사람의 활약을 보는 것만으로도 두근거림이 멈추지 않았다.

그런 날들이 작년 4월부터 6월까지, 석 달 정도 이어졌다.

"…응?"

문득 쳐다보니 이나고 양의 표정이 어두웠다.

당장이라도 울음을 터뜨릴 듯했다.

"무슨 일 있어?"

"어?"

"아, 그냥 좀, 울적해? 보여서."

"아, 그, 그건, 으음, 그, 그리워서? 응, 좀 그리워서."

"…뭐, 그야 지금 생각하면 그립긴 하지."

향수에 젖어 눈물을 흘린다는 건 분명, 어른의 감성을 갖고 있다는 증거다.

그 논리대로라면 이나고 양은 아주 멋진 어른인 것이다. 체구가 꽤 작아서 제6돌격대를 그대로 고등학생으로 만들었다는 느낌이지만.

아무튼 그런 어엿한 숙녀분께서,

"저, 저기, 료타 씨."

결의를 굳힌 듯이, 꾹, 하고 주먹을 쥐고서 내 이름을 불렀다.

수수께끼의 긴장감 퍼졌다.

"카나메 씨도, 나도, 같은 반이 되었잖아?"

츠쿠모 학원에서는 2학년과 3학년의 시업식이 입학식 전날에 실시되고, 그때 새로운 반 배정이 발표된다.

나는 2학년 4반.

오타히메도 이나고 양도 같은 반이었다.

"아무래도, 카나메 씨가 있는 곳에, 다들 모이게 될 테니까. 으음, 그래서 4반이, OTA단 2학년 부원들의, 아지트? 응, 아지트가 될 거라고 생각해."

아니, 부실이 있으니까 거기로 가면 되잖아?

라고 대답할 틈도 없이 이나고 양이 어딘지 절박한 표정으로 말을 이었다.

"그러니까, 그게, 모처럼이니까, …어때?"

"어때? 라니… 뭐가?"

조금 짓궂은 대답이었을지도 모른다.

다음에 어떤 말이 나올지 어느 정도 예상하고 있었으니까.

"료타 씨, OTA단으로, 돌아오지 않을래?"

역시 예상했던 대로다.

"…라고, 한번 말해 봤는데. 에헤헤헤."

쑥스러움을 감추듯 웃었다. 조금이기는 해도 그 표정에는 다시 긴장감이 감돌았다.

"…으음."

"아, 아니, 그게."

"…미안해, 무리야."

이런 때에 어떤 표정을 지어야 할지 모르겠어서, 아무튼 웃으며 거절했다.

"난 오타쿠도 아니고."

"그, 그런가, 아, 참, 그랬지. 료타 씨는, 오타쿠가 아니니까."

"그러니까 OTA단의 레벨에는 따라가기 힘들 것 같아."

수 미터 앞에 있는 제6돌격대의 모습을, 나는 곁눈질로 흘끔 보았다.

"반사회적 하라쇼~☆"

"흐아아아아아아압!!"

"으으으으으으으!!"

"존귀하다…, 존귀해…!!"

오타히메는 의기양양한 얼굴로 포즈를 취하고 있었다.

다른 셋은 기성을 지르거나 이상한 댄스를 추고 있었다.

저게 바로 OTA단.

저게 바로 오타쿠.

나로서는, 도저히, 따라갈 수 없다.

자신이 오타쿠라고 철석같이 믿고 OTA단에 입부 신청서를 내 버린 1학년 시절의 나는, 세상을 몰라도 너무 몰랐다. 우물 안 개구리였다.

고등학교 생활 1년 차를 끝낸 지금의 나라면 확실하게 단언할 수 있다.

나는 오타쿠가 아니다.

저 무리 안에는 들어갈 수 없다.

정체불명 부의 일원은, 되지 못했다.

"…미안해. 전단지 배포, 열심히 하고."

나와 이나고 양은 웃으며 작별 인사를 했다.

이렇게 멍하니 서서 오타쿠 여자랑 끝 모를 잡담이나 할 때가 아니다.

약속시간까지는 30분 이상 남았지만, 슬슬 미리 이동해 두고 싶다.

고등학교 생활 2년 차.

심기일전, 새로운 도전.

오타쿠가 되지 못한 내 올해 목표는, 리얼충이 되는 것 이다.

❖   ❖   ❖

지금 시대에 도쿄의 평범한 고등학교에선 오타쿠와 리얼충이 학급의 양대 세력이다.

먼 옛날, 그야말로 OTA단이 설립되기 이전에는 오타쿠가 스쿨 카스트 하위에 해당해 리얼충한테는 인간 취급도 받지 못했다고 한다. 시골엔 이 악습이 아직까지도 남아 있는 곳이 있어서, 박해받은 오타쿠는 생존권을 찾아 도쿄로 망명을 시도한다.

실은 나도 그중 한 명이다.

중학생 시절을 보낸 지역은 애니의 불모지로 유명한 시즈오카.

아이돌 파이브 2기 무대인데도 1기도 2기도 방영되지

않고, 그 대신 〈고로케 대백과〉라는 20세기 말의 애니메이션이 끝없는 재방송을 이어가고 있다. 그리고 재방송 마지막 화를 방송하고 난 다음 주에는 재재방송이 1화부터 시작된다는 거다. 정말 이해가 안 간다.

그런 벽지의 중학교에서 도쿄 한복판에 있는 츠쿠모 학원으로 진학을 결정했다.

스스로 생각하기에도 과감한 결단이었지만, 물론 OTA단이라는 의미불명의 부가 있다는 게 이유 중 하나였다.

오타쿠의, 오타쿠에 의한, 오타쿠를 위한 부.

이거, 정말 최고잖아?

그야 나는 오타쿠니까.

그렇게 생각하고,

입부했다가,

얼마 후에,

나는 오타쿠가 아니고, OTA단은 내 보금자리가 아니라는 사실을 깨닫고 말았다.

이야기를 되돌리자.

지금 시대에 도쿄의 평범한 고등학교에선 오타쿠와 리얼충이 학급의 양대 세력이다(중요하니까 한 번 더).

둘 중 어느 쪽이든 극단에 점점 가까워질수록, 즉 엄청난 오타쿠, 엄청난 리얼충, 이 양쪽 중 어느 하나에라도 가까워질수록 청춘을 구가할 수 있다는 구조다.

반대로 말하자면, 어느 쪽도 되지 못하는 어중간한 인간이 제일 문제다. 시즈오카의 오타쿠와 마찬가지로 건강하고 문화적인, 최저한도의 생활조차 보장받지 못하게 된다.

그리고 나는 그 둘 중 하나인 오타쿠가 되는 길을 포기해 버렸다는 것이다.

필연적으로 남은 선택지는 리얼충이 된다는 길뿐.

…어, 그거, 뭘 어떻게 하면 되는 거지?

머릿속에서 필사적으로 생각한 이론은 안타깝게도 이쯤에서 막혀, 타개책을 찾지 못한 채로 고등학교 생활의 첫 1년이 끝나고 말았다. 드디어 청춘 종료의 알림이 들려와 60년쯤 남은 생을 얌전하게 살아갈 방법을 생각하던 차에.

어제, 반이 바뀐 첫 날.

척 봐도 리얼충처럼 생긴 남녀 혼성 집단에 소리도 없이 슬쩍 끼어들어, 나도 대화에 참가할 수 없으려나―, 라고 생각하면서 눈치를 보고 있자니,

'내일 노래방 갈 건데, 너도 올래?'

느닷없이 그런 권유를 받아 버렸다.

학급이 바뀐 직후의 인간관계란 의외로 엉성하다. 아직 누구누구가 그룹이 될지 서로 탐색하는 상태이다 보니 그

과정에서 시행착오도 발생하기 쉽다. 여태까지 리얼충도 아니었던 인간을 리얼충이 우글대는 노래방 모임에 초대해 버린다는 식으로.

하지만 나에게 이건 기회다.

어쩌면 이게, 내가 리얼충 쪽의 인간이 될지 모르는 처음이자 마지막 기회일지도.

제가 오타쿠 쪽에 있던 시절, 별것도 아닌 일로 툭하면 '죽어'라든가 '폭발해라'라고 주문을 외웠던 점, 대단히 죄송합니다.

반성합니다.

개심하겠습니다.

그러니 저도 그쪽에 끼워 주시지 않겠습니까?

어젯밤에 나는 귀가한 후에 필사적으로 예습했다. 문명의 이기인 스마트폰을 구사해 이것저것 잔뜩 검색해댔다. 하룻밤 벼락치기로 할 수 있는 준비에는 한계가 있지만, 그래도 하지 않는 것보다야 몇 배는 나을 테니까.

그리고 오늘, 나는 노래방에 발을 들이게 된다.

정신 상태는 신칸센을 타고 츠쿠모 학원에 입학시험을 보러 왔던 날과 거의 같았다.

"♪이 길은 어디까지 이어지는 걸까."

현재 첫 번째 곡. 너무나 리얼충스러운 남자애가 너무나 리얼충스러운 곡을 부르고, 너무나 리얼충스러운 여자애가 너무나 리얼충답게 탬버린을 친다.

이 곡은 '3대 GREAT BROTHERS'라는 댄스 그룹의 〈D.R.E.A.M〉이라고 하는데, 남고생의 노래방 애창곡 넘버 원이라고 한다. 리얼충들 사이에서는 그렇다고 한다.

동영상 사이트에서 PV도 봤는데, 궁극진화한 리얼충 남자 같은 사람들이 메가진화한 리얼충 여자 같은 사람들과 Party Night! 하고 있어서 조금 무서웠다.

"♪드넓은 하늘 아래에서~~~."

""""OOH! OOH! SAY IT! OOH! OOH!""""

어, 갑자기 뭐야?

후렴구가 되자 모두가 콜을 넣기 시작해서 순간 위축되었다.

콜을 넣는다는 행위 자체는 알고 있지만, 전혀 다르게 들려온다.

오타쿠의 경우,

'우~! 우~! 냐~!'

라는 느낌이라 객관적으로 보면 그것도 그것대로 문제가 많지만.

리얼충이 하면 이렇게 스타일리시하고 껄렁해지는구나.

…멍하니 그런 생각이나 할 때가 아니다.

나도 해야 하니까. 다른 사람들과 마찬가지로.

"♪바람이 되어서~."

"""OOH! OOH! SAY IT! OOH! OOH!"""

"우~! 우~! 쎄~! 우~! 우~!"

아, 으음. 크게 틀리지는 않았다고 생각한다.

나만 약간 어색했다는 느낌이 안 드는 건 아니지만.

그러는 동안에 후렴이 종료. 붐치키 붐치키 같은 리얼충 내 풀풀 나는 간주가 흐르고, 나도 한숨 돌리려던 차에.

문득 주변을 보니 이 자리에 계신 모든 분들이 두 손을 대각선 오른쪽으로 들고 계셨다.

"하─이↑ 하─이↑ 하─이↑ 하─이↑ 하─이↑ 하─이↑ 하─이↑ 하─이↑"

도.레.미.파.솔.라.시.도. 같은 느낌으로 음계를 높여가면서 수수께끼의 호령을.

다들 리듬을 능숙하게 타면서 몸을 흔드시는 모습이 대단히 흥겨워 보이십니다.

"하~이↑ 하~이↑ 하~이↑ 하~이↑ 하~이↑ 하~이↑ 하~이↑ 하~이↑"

앗, 이번에는 대각선 왼쪽이었나요. 면목 없습니다. 리얼충식 노래방에는 과문한 인간이라 조금 반응이 늦었습니다요.

…괴롭다.

그렇게 간신히 첫 곡이 끝날 때쯤, 내 정신은 벌써 한계에 가까워져 있었다.

"예—이!"

"예—이!"

리얼충 남자분께선 마이크를 쥐고서, 리얼충 여자분께 선 탬버린을 들고서, 수수께끼의 주문을 외며 하이파이브 를 나누고 계십니다. 어쩜 이리들 즐거워 보이시는지.

…아니, 비굴한 소리나 늘어놓을 때가 아니다.

나도 저들과 똑같은 리얼충이 되어야 하니까.

일단 개체 식별부터 시작할까. 리얼충들은 겉으로 보기 에 다들 똑같이 생겼지만 실은 각자 다른 이름을 가진 인 간이라는 사실, 혹시 아시는지?

"아아, 장난 아니다. 2학년 4반 최고! 영원한 유대가 생 겨나 버렸다는 느낌?"

노래를 끝내고 개운해진 표정으로 리얼충 남자님, 아 니, 키노모토가 말했다. 이름은 기억나지 않지만 일단 성 으로 부르면 되겠지?

"그러게—, 시작부터 분위기 진짜 핫하다—."

조금 졸린 듯한 표정(내내 탬버린을 치고 있었으니 정말 로 졸린 건 아니라고 추정된다)의 리얼충 여자님, 아, … 으음, 성이, 뭐였더라?

다들 '메구'라고 부르고 있으니 이름은 아마 '메구'일 테 지만, 갑자기 이름으로 부르는 건, 응, 무리. 그런 **뻔뻔함**

과 구분하기도 힘들 정도의 용기가 있었다면 나는 지금쯤 아무런 괴로움 없이 리얼충이 되어 있었을 거다.

으음~, 끄응~, 도무지 기억이 안 나네. 그 뭐더라, 성이 '예~이'랑 비슷한 느낌이었다는 것만 어렴풋하게 기억나는데.

"다음은 아라카와가 부를 차례네."

"어? 앗, …고마워."

예~이 양(잠정)이 마이크를 건네주었다.

제 이름을 기억하고 계셨군요. 대단히 감사합니다. 송구스럽습니다만 저는 그만 귀하의 존함을 잊어버렸답니다. 어떻게 말씀을 드려야 할지, 저는 참 구제할 도리가 없는 인간이군요.

인트로가 흐른다. 아아, 이젠 쓸데없는 생각이나 하고 있을 때가 아니야.

내 선곡은 'BeeZoo'의 〈메가톤 소울〉. 발표된 지는 꽤 되었지만, 여전히 노래방 애창곡이라고 한다. 어제 인터넷으로 검색한 거니까 틀림 없다.

오타쿠는 리얼충과 노래방에 갔을 때 이 애니송은 세이프, 이 보컬로이드곡은 아웃, 이라고 생각하기 쉽지만 나는 위험한 발상이라고 생각한다. 절대로, 확실하게, 100% 안전한 곡을 불러야만 한다.

아아, 시작된다.

"♪얼마나 힘내는 거야?"

A멜로디.

"♪결말에만 신경을 쓰고 말야."

B멜로디.

…뭘까, 이 위화감은.

가사가 표시되는 화면에서 눈을 떼고 실내의 상황을 흘끔 확인한 후에야 나는 그 정체를 깨달았다.

일단 사람이 약 한 명 줄었다.

입구 근처에 있었던 리얼충 남자(이름은 까먹었다)가 어느새 사라졌다. 그러고 보니 A멜로디 근처에서 문이 열리는 소리가 들렸던 것 같다. 화장실 갔나? 내가 노래하는 시간이 화장실 타임이야? 아니, 뭐, 생리현상이니까 어쩔 수 없지만.

그리고 두 명 정도는 찰싹 붙어 있다.

좀 전에 노래를 끝낸 키노모토가 옆자리의 리얼충 여자(이름은 까먹었다)와 함께 곡을 예약하는 태블릿 기기를 함께 보고 있다.

"키놋치, 다음에 이거 부르자."

"음−, 듀엣곡이네?"

"나랑 듀엣하기 싫어?"

"싫은지 안 싫은지를 굳이 말하자면, …완전 OK지!"

"예−이★"

죽어라.

폭발해라.

…안 돼, 그만 또 주문을 외고 말았다.

아니, 그런데 잠깐만. 저 둘은 대체 뭐야? 사귀는 거야? 백보 양보해서 커플 사이라면 용서해 주겠어. 리얼충들의 인간관계 따위 조금도 파악하지 못한 상태니까 내가 모를 뿐이라는 가능성도 부정할 수는 없다. 하지만 키노모토, 너 아까 다른 여자애랑 하이파이브하지 않았냐? 예~이 양(잠정)이랑 예~이(의미심장)하지 않았냐고? 여자랑 하이파이브라니 꽤 대단한 거 아냐? 한 손이 닿기만 해도 임신하는 세계관에선 양손이 닿으면 쌍둥이 출산 확정이거든?

거기까지 생각하고는, 내 시선은 예~이 양한테로 이동했다.

예~이 양은 조금 졸린 눈동자로 이쪽을 보고 있었다. 첫 곡 때와 마찬가지로 일정한 리듬으로 탬버린을 치고 있었다.

"♪꿈이 아니야 진짜로, 진짜로."

후렴 부분을 부르면서 나는 한 가지 결론에 도달했다.

위화감의 정체를 알았다. 누구 한명도 나를 보지 않는다. 내 노래를 듣지 않는다. 아까는 이러지 않았잖아? 다들 테이블 위에 스마트폰 같은 거 없었잖아? 사소한 행동에서 관심도의 차이가 나타나는 법이거든?

　뭐, 상대방 이름도 기억 못 하는 녀석이 그런 소리를 하는 것도 염치가 없지만.

　그런 와중에.

　딱 한 명만 천사가 있었다.

　"♪혼자여도 괜찮잖아."

　슬슬 후렴구도 끝이 다가오고 있었다. 모두 함께 분위기를 띄울 때다. A멜로디도 B멜로디도 후렴구도 다 한순간의 마지막 클라이맥스를 위해 존재한다. 반대로 말하자면, 다들 화장실에 가 있거나 선곡 중이거나 스마트폰을 만지작거리다가 그 한순간을 지나친다면 전부 와장창, 이라고 할까, 어제의 난 뭘 위해서 이 곡을 반복재생까지 해가며 연습한 거지? 라는 게 된다.

　"♪그리고 빛난다."

　얘들아, 믿어도 되지?

　이 파트를 그냥 흘려버렸다간 어쩌면 내 눈에서도 눈물이 흐를지 모르거든?

　"♪메가톤 소울!"

　"예─이."

　해냈다아아아아아아아!!!!

지금, 탬버린을 두드리면서, 어어어어어어어!!!!

기쁘다.

기뻐서 눈물이 날 것 같다.

역시 예이 양은 천사였어. 박력은 조금 부족했지만, 원하는 것을 원하는 형태로 정확하게 해주었다. 그것만으로도 나는 지금 여기에 있어도 괜찮다는 생각이 들었다. 가슴이 뜨거워진다. 눈시울도 뜨거워진다. 예이 양, 고마워. 정말정말 고마워.

그 후에 총 4번 정도 '♪메가톤 소울!' '예─이'를 반복하고 내 턴은 종료되었다.

"예～이!"

"예─이."

충실감과 상쾌함에 취해 예이 양과 기세 좋게 하이파이브를 나눈 나는,

……어.

이때 문득 제정신을 차렸다.

내가 지금 뭘 한 거지?

너무나 당연하다는 듯이, 쌍둥이를 임신시킬 수도 있다는 리스크 따위 요만큼도 존재하지 않는다는 듯이, 여자애랑 하이파이브를 나누고 말았다. 분위기에 휩쓸려 나도 모르는 사이에 어른의 계단을 한 단계 올라가고 말았다.

지금 내가 안고 있는 감정은.

'기쁘다'가 아니라.

'무섭다'였다.

남녀 간에 손이 맞닿는 것에 대해 리얼충은 어떤 생각도 하지 않는다. 반대로 말하자면, 거기에 뭔가 의미를 부여하는 시점에서 이미 리얼충 실격이라는 것이다.

식인종은 식인이라는 관습에 어떤 의문을 갖지 않는다. 그들에게는 그게 당연한 거니까.

지나치게 동떨어진 가치관은 가벼운 호러와 다름 없다.

"아라카와, 왜 그래?"

"…어, 뭐가?"

예이 양이 조금 졸린 눈빛으로, 입가를 가볍게 누그러뜨리며,

"갑자기 표정이 진지해지길래 여기서 고백이라도 하려나 생각했어."

가슴이 두근거렸다.

아니, 정곡이라서 그런 게 아니다. 농담이라는 것도 안다. 그런데도 역시 가슴이 두근거렸다.

"하, 하하하, 그, 그럴 리가."

목소리가 뒤집힌다.

대체 뭐냐고.

키노모토와 하이파이브를 한 지 5분 후에 아무렇지 않게 나랑도 하이파이브를 해 주질 않나, 고백이네 어쩌네

하는 소리를 하면서도 여전히 졸린 표정이질 않나. 아아, 정말, 대체 뭐냐고.

오타쿠의 기준으로 생각하면 이건 헤픈 여자나 하는 짓이다.

하지만 오타쿠의 기준으로 생각해서는 안 된다. 예이 양은 리얼충이고 나도 올해는 리얼충이 될 작정이니까, 즉 리얼충 기준으로 생각하지 않으면 안 된다. 그리고 리얼충 기준으로 생각하면 예이 양은 그저 평소대로 말하고 행동했을 테니까.

…일단 말할 수 있는 건.

내가 리얼충이 되려면, 일단 상당한 의식개혁이 필요할 것 같다.

❖　❖　❖

"나는 JR노선이니까, 여기서 이만."

"나도 JR이야."

"나도─. 토자이 선 타고 가는 사람은 메구뿐이야?"

"…앗, 나도, 토자이 선."

"나랑 아라카와랑 둘이구나."

"그럼, 오늘 잘 놀았어!"

"응, 내일 보자─."

"예-이!"

"예-이."

예이 양은 자연스럽기 그지없는 동작으로 다른 남자들과 하이파이브를 나누고, 나와 함께 걷기 시작했다.

금요일 오후 7시 반. 활기에 넘치는 도쿄의 거리가 죽고 싶은 마음을 가속시킨다.

노래방에서 보낸 2시간은 이미 기억이 흐릿하다. 도중부터 그저 빨리 끝났으면 좋겠다고 생각한 것만 기억난다. 모르는 곡만 나오는 데다 어디서 어떻게 분위기를 맞춰야 좋을지도 모르겠고, 나를 제외한 남녀 모두가 엄청 사이좋게 느껴져서 어쩐지 보이지 않는 벽을 느꼈으니까.

그저, 예이 양만 플랫하게 보였다.

나에게도 다른 모두에게도 평등하다고 할까. 내가 여기에 있어도 되는구나, 라고 생각할 수 있었던 건 틀림없이 예이 양 덕분이었다.

예이 양 레알 천사.

그런 성인(聖人)의 이름을 아직까지도 떠올리지 못하는 저는, 네, 의식 수준이 너무 낮네요.

으음, 뭐였더라. 아니, 정말로, 예~이, 랑 비슷한 느낌이었는데. 예이 양, 예이 양.

"…예이 양."

"음-?"

천사가 이쪽을 돌아보았다. 긴 머리카락과 짧은 스커트가 봄바람에 휘날린다.

"혹시 나를 부른 거야?"

어라? 지금 목소리로 나왔나?

등골이 오싹했다. 마음속으로 이상한 호칭으로 부른다니, 실례잖아. 불쾌하게 생각할 수도 있다. 천사한테까지 버림받는다면 나는 앞으로 어떻게 해야 하지. 음, 죽을까? 죽자. 죽어.

그런데 예이 양의 반응은,

"역시 그랬구나. 재밌다."

재밌다고 하신다.

아니, 딱히 그렇다고 대폭소를 하는 것도 아니긴 한데.

"上는 우에가 아니라 카미, 로 읽어."

"…어?"

"카미이 메구(上井=惠久)."

"…카미이, 양."

"메구면 돼-."

응, 안돼.

그건 리얼충 전용 호칭이잖아.

난 아직 리얼충이 아니니까, 그렇게 친밀한 호칭은 못 쓴다고.

"…알았어, 그렇게 부를게."

알아버렸다. 못 부르는데 부르겠다고 말해버렸다. 뭐하는 거야, 나.

아무튼 당장 죽을 필요까진 없는 모양이다. 예이 양의 본명도 알았겠다. 원래는 가슴을 쓸어내려도 되지만, 쓸데없는 대답을 하는 바람에 예이 양을 부를 적절한 호칭이 없다는 치명적인 에러를 떠안게 되어버렸다.

거기서 내가 즉흥적으로 떠올린 해결법은, 최대한 2인칭을 피해서 대화한다는 지극히 커뮤니케이션 장애다운 발상이었다.

"…저, 저기."

"응―?"

"오늘은 즐거웠어."

"그러게―, 즐거웠어."

"돌아가는 길은, 으음, 토자이 선?"

"응. 힘내면 걸어서도 갈 수 있지만."

"그, 그렇구나. 가까운가보네."

"응―, 가까운 편이야."

대화 종료.

가뜩이나 커뮤니케이션 능력이 없는데, 안 해도 될 핸디캡까지 걸고 플레이하려니 완전히 엉망진창이다.

"그보다―."

"아, 넵!"

"아라카와, 노래 잘하더라."

"…감사합니다."

"응? 갑자기 웬 존댓말? 재밌다."

스스로 생각해도 왜 존댓말을 썼는지는 모르겠다. 아마 난생 처음으로 같은 반 리얼충 여자에게 칭찬받아서 지나치게 긴장한 탓이겠지.

아, 이건 곤란해. 침묵이 3초를 넘어가려 하고 있다. 내가 아무 말도 안 해서 그래. 어쩌지, 칭찬을 받았으니 똑같은 칭찬으로 대답하면 되는 걸까, 으음, 으음,

"…그쪽도 잘하, 잖아?"

"어ㅡ, 그건 아니지. 내가 음치라는 것 정도는 자각하고 있어."

칭찬해선 안 되는 부분을 칭찬해 버렸다.

확실히 예이 양은 빈말로라도 노래를 잘한다고 말하기는 힘들었다. 딱 한 곡, 그것도 다들 합창하는 곡에서만 마이크를 쥐었던 이유도 아마 거기에 있으리라.

이 상황은 엄청나게 곤란하다.

이건 딱 연애 시뮬레이션 게임에서 누가 봐도 틀린 선택지를 골랐다가 역시나 분위기가 폭망해 배드엔딩 직선코스를 질주하는 상황이다. 이럴 줄 알았어, 예이 양이 조금 졸려 보이는 데다 스마트폰까지 꺼냈잖아.

"아ㅡ, 미안. BINE 답신 좀 할게."

"…어, 응응."

읽어 버렸구나. 그럼 무시할 수도 없지.

메신저앱 BINE은 리얼충들에게는 생명선과도 같다. 한밤중이든 수업중이든, 때와 장소를 가리지 않고 누군가로부터 메시지가 날아온다.

그보다 리얼충이 아닌 나한테도 날아온다.

학년 단위나 학급 단위, 부 단위라는 식으로 수십 명이나 강제참가하는 단체방이 있으니까.

발언하는 사람은 일부에 불과하지만, 그런 만큼 일부의 인간들이 얼마나 BINE에 달라붙어 있는지 짐작할 수 있다. 당연히 그룹 토크뿐 아니라 1:1 토크도 엄청나게 해댈 테니 그야 고생이 이만저만이 아니겠지.

그래도 나와 둘만 있는데 BINE을 켠다는 건 조금 슬프네요.

"…저기."

"응―?"

"걸으면서 스마트폰 보는 건 위험해."

내가 슬프니까 스마트폰은 넣어 주세요, 라는 호소를 나름대로 최선을 다해 무난하게 포장한 결과가 다음과 같습니다. 확인 부탁드립니다.

"위험?"

"어, 그…, 앞을 안 보고 걷다가, 신호등이 빨간불인데

도 모르고 횡단보도를 건너거나, 맞은편에서 오는 자동차
에 치이거나 할 위험성이 높아진다고 할까? 그리고 오늘
은 바람이 강하니까 뭔가가 날아올지도 모르잖아?"

"아-. 그러네."

예이 양은 스마트폰에서 눈을 떼고,

"그럼, 내가 위험에 빠지면 아라카와가 지켜 줄래?"

"…어?"

조금 예상 밖의 대답이 돌아왔는뎁쇼?

"남자라면 여자를 지켜야지-. 아라카와, 너도 사나이잖
아-."

아까까지 스마트폰을 쓰다듬던 예이 양의 손가락이, 지
금은 내 쪽으로 뻗어 와서 코끝을 쿡쿡 찌르고 있었다. 원
근감이 붕괴된 시야 속에서 천사가 재미있다는 듯이 웃고
있었다.

하지 마.

좋아하게 되버리니까.

심장 뛰는 소리가 위험한 수준에 달했다. 혈액이 엄청난
속도로 몸속을 돈다. 잠시만요, 지금 건 자극이 너무 강했
거든요?

아니, 그러지 마, 진정해라, 나.

간신히 붙잡은 이성이 경종을 울리고 있다. 이런 거에 낚이면 안 돼. 좋아하게 되면 안 된다고. 함정이야. 발밑이 쑥 빠진다고.

그야, 미안하지만, 예이 양은 단순히 리얼충을 초월한 헤픈 여자니까.

나 이외의 남자들한테도 분명 같은 말을, 같은 톤으로 했을 테니까.

보인다. 다 보인다고. 여기서 내가 착각해 버리는 패턴의 미래가.

내가 이미 리얼충이 되었다고 철석같이 믿고 태연하게 '메구'라고 부르면서 남친이라도 되는 양 행동하는 게 점점 눈에 띄면, 원래 그럴 마음이 전혀 없었던 상대방은 그것을 기분 나쁘게 여기다가 결국 나만 초대받지 못한 BINE 그룹 같은 게 만들어지고, 거기서 오가는 말들을 상상하는 것만으로도 벌써 토할 것 같아진다. 제발 봐 줘.

"아라카와, 무슨 일 있어?"

예이 양은 조금 졸린 눈으로, 입가에 완전히 웃음기가 가득했다.

어쩐지 기억에 있는 상황이라 다음에 어떤 농담을 듣게 될지도 짐작이 갔기 때문에, 나는 선수를 치기로….

"…고, 고백 같은 건, 안 할 테니까, 안심해."

아니, 이건 선수가 아니라 악수야. 그것도 엄청난.

예이 양은 어안이 벙벙한 표정을 짓더니, 곧바로,

"대체 무슨 소리야? 재밌다."

재미있어하고 있다.

"나 혹시 차인 거야? 의미를 모르겠는데. 이해가 안 가
는데."

"아니, 저기, 딱히, 그런 의미가 아니라."

"그런 의미밖에 없지 않아? 고백하지 않는다는 선언이
라니. 아, 웃겨, 엄청 재밌다."

"…아, 하하, 고마워."

나는 덩달아 어설픈 웃음으로 얼버무릴 수밖에 없었다.

내가 리얼충 남자였다면 어떻게 행동했을까. 아무 맥락
도 없이 하이파이브 같은 걸 할 수 있을까. 아니면 분위기
만으로 고백해 버릴 수 있을까. 만약 고백해 버리고 나면,
그 후에 거북해지는 일 따위 없는 걸까.

모르겠다. 가치관이 너무 다르다.

깔깔거리며 웃는 리얼충 여자와 잘 웃지 못하는 언리얼
충 남자 사이를, 돌풍이 스쳐 지나갔다.

"응?"

작은 이변을 감지한 건 방금 전까지 쿡쿡 찔러대던 내
코였다.

"아라카와, 이번에는 뭐야?"

"…매캐한 냄새가 나."

예이 양은 순간 어리둥절한 표정을 짓다가 킁킁거리며 냄새를 맡기 시작했다.

"음-, 듣고 보니."

"공원 쪽이네."

방금 불어온 돌풍이 연기를 옮겨 왔다면, 출처는 바람이 불어온 공원쪽일 것이다. 거긴 꽃구경을 할 만한 나무가 없어 이 계절에는 그다지 찾는 사람이 없다.

"불꽃놀이?"

"아마 그건 아닐 거야. 플라스틱이 탈 때의 냄새야."

"와아, 그런 것도 아는구나?"

내내 졸려 보이던 예이 양의 눈이 조금 크게 뜨였다.

"…나, 중학교 때까지 시즈오카 현에서 살았거든."

"시즈오카라-. 재밌다."

"시즈오카 현민한테 실례잖아."

"아, 미안."

"실제로도 웃음이 나올 정도로 시골이기는 했어. 제대로 감시하기도 힘든 산속이니까, 트럭이 와서 산업폐기물을 잔뜩 불법 투기하고 가거든. 원래 플라스틱은 태우면 안 되지만 그 자식들은 다 무시하고 태우고 가니까 연기 냄새가 엄청 지독해."

"아-, 그렇구나. 전혀 몰랐어."

아무리 생각해도 관심 가질만한 대화 주제가 아닌데, 예이 양은 감탄한 듯이 고개를 끄덕이고 있다. 의외로 진지한 성격일지도 모른다.

"하지만 여긴 시즈오카가 아닌데?"

"나도 알아."

산속이 아닌 건 물론이고, 그야말로 도쿄의 중심부인 야마노테선 순환선 안쪽이다.

"도쿄 한가운데에서, 이런 냄새가 난다는 건."

"난다는 건?"

"……설마, 화재?"

"어, 그건 큰일이잖아!"

"아니, 하지만, 설마 그런⋯."

그때 또 돌풍이 불었다.

예이 양의 팬티가 보일 듯하면서도 보이지 않았다는 안타까움은 일단 잊자.

연기는 방금 전보다 확실히 냄새가 강해졌다.

"이거 정말로 화재 아닐까? 으음, 어쩌지? 119? 아, 하지만 일단 불이 어디서 났는지부터 확인해야겠네!"

"그, 그러게."

허둥거리는 예이 양에게 굳이 반론할 이유도 없고 용기도 없다.

솔직히 정말로 화재가 일어날 가능성은 낮겠지만.

…그렇게 생각했던 때가 저에게도 있었습니다.

❖　❖　❖

일단 눈에 들어온 것은 불꽃이었다.

땅에서부터 기운차게 휘몰아치며 어두운 밤하늘을 향해 올라가고 있었다. 마치 수련회장의 캠프파이어처럼. 1인 캠프파이어라고 해야하려나.

"어라, 우리 교복이네?"

예이 양이 가리킨 방향에. 타오르는 불길 바로 옆에.

그 녀석은 혼자서 서 있었다.

우리와 같은 2학년 4반의 오타쿠 여자다.

반이 바뀐 직후라서 예이 양은 아직 얼굴과 이름을 일치시키지 못하는 모양이지만. 나는 안다. 얼굴도, 이름도, 뛰어난 그림 실력도.

"…이나고 양?"

저도 모르게 그 이름을 입에 담아 버렸다.

몇 시간 전에 기어들어가는 목소리로 OTA단 전단지를 나눠주던 이나고 양이었다.

그 권유 전단지에 제6돌격대의 일러스트를 그린 이나고 양이었다.

우리의 존재를 아직 깨닫지 못했는지, 이쪽에 등을 돌린 채로 뭔가를 열심히 태워나가고 있었다.

조금 다가가서 보니 그게 뭔지 알 수 있었다.

공식 팬북.

가동식 피규어.

B2 사이즈 태피스트리.

가슴 마우스패드.

차례차례 불길 속으로 내던져지는 건 전부 반코네 굿즈였다.

"…어, 왜?"

소박한 의문이 떠올랐다.

뭘 하고 있는지는 알았지만 그러는 이유까지는 이해할 수 없었다.

오래된 물건이라 이제는 필요가 없어서 처분한다?

아니, 하지만 2기가 얼마 전에 시작되었잖아?

이번 분기의 약속된 패권인데?

의미를 모르겠다.

의도를 묻고 싶다.

그리고 말인데, 플라스틱 제품을 공원에서 태우면 안 된다고.

"…저기."

"으하아앗!"

등 뒤에서 말을 걸자, 놀라서 펄쩍 뛰는 이나고 양. 주위에 아무도 없다고 생각했겠지. 놀라게 해서 미안하지만 예상치 못한 광경을 목격한 내가 분명 이나고 양보다 더 크게 놀라고 있었을 것이다.

"……."

침묵이 흐른 수 초 동안.

이나고 양은 우리에게서 등을 돌린 채, 자기 몸보다 큰 다키마쿠라를 영차, 하고 들어 올리다가 그대로 시간이 정지되었다.

참고로, 다키마쿠라니까 일러스트는 조금 야하다.

제6돌격대의 베른이, 로리 캐릭터라고는 생각하기 힘든 묘한 색기가 가득한 얼굴로 이나고 양의 어깨너머로 나를 바라보고 있었다.

"…저기요~."

"료, 료료료, 료타 씨?"

이나고 양은 천천히, 아주 느리게 이쪽으로 고개를 돌렸다.

애니였다면 녹슨 기계처럼 '끼기기기긱'이라는 효과음이 났을 거다.

"…안녕."

"아, 아아, 안녀…엉."

"하나 물어봐도 돼?"

"해, 해해, 해도, 돼."

"뭐 하고 있는 거야?"

"⋯⋯."

이나고 양은 다시 말이 없어졌다.

이리저리 시선을 헤매며, 입을 뻐끔뻐끔 벌렸다 다무는 동작을 몇 번이나 반복한 후에 간신히 나온 대답은,

"고, 고구마? 고구마 굽기?"

"지금 4월인데."

변명이 서투르다는 수준을 한참 넘어섰다.

뭐, 어떤 의미에선 가벼운 농담으로 분위기를 푸는 거라고 생각할 수도 있다. 그래서 분위기가 풀어지면 질문에 제대로 답해줄 줄 알았지만.

"사, 사, 사월의, 봄, 봄의 군고구마야."

우기기 시작했다.

"그 왜, 여름에 방영하는 애니에서도, 크리스마스 에피소드는, 있잖⋯아? 겨울 애니에서도, 수영복 에피소드가, 이, 있지? 그러니까, 이런 것도, 있을 수 있다고, 생각⋯해? 에헤헤헤."

웃으며 얼버무리려는 걸까.

아무리 그래도 그건 좀 무리입니다만.

이나고 양 뒤에는 사이좋게 손을 잡은 제6돌격대의 4인조가 평온하게 웃는 얼굴로 불길에 휩싸여 지글지글 녹아내리고 있었다. 슬픈 작품의 마지막 장면이나 다름없는

광경 속에서 크리스마스가 어쩌고 수영복이 어쩌고 해봐야 듣는 사람으로서는 난감할 따름이다.

"아, 아무튼, 고구마를 굽고 있었다니까!"

갑자기 목소리가 커졌다.

"어디에도 고구마 같은 건 안 보이는데?"

"그, 그야…, 다 먹어버렸으니까!"

"으응….."

"아아~, 맛있었지~. 고구마 정말 맛있었다~. 하지만, 이젠, 없으니까, 난, 그럼 이만! 밤이니까! 어두우니까!"

끝까지 억지로만 밀어붙이려는 기세였다.

"그, 그럼, 료타 씨, 내일 봐!"

굳은 표정으로 웃으면서, 그런 말만 남기고 이나고 양은 부리나케 뛰어가 버렸다.

…저 꼴을 보아하니 아마 깨닫지 못하는 것 같다.

내일은 토요일이니까 학교에 안 간다는 사실도.

자신이 다키마쿠라를 두 팔로 품은 채 달리고 있다는 사실도.

"아아, 대체 뭐냐고."

이나고 양의 뒷모습과 여전히 어깨너머 사랑에 빠진 표정으로 이쪽을 보는 베른을 바라보며 나는 한숨을 쉬었다.

주변에 남은 반코네 굿즈는 하나도 없었다. 크기를 생각하면 저 다키마쿠라가 마지막이었겠지. 다른 굿즈들, 팬북이나 피규어나 태피스트리 같은 것들은 전부 불 속에 있다.

그런데 적어도 불은 끄고 나서 돌아가지 그랬니?

이거, 내가 뒤처리하는 수밖에 없겠지?

"으음, 아라카와?"

예이 양이 쭈뼛거리며 조심스럽게 다가왔다.

이 거리라면 나와 이나고 양의 대화도 들렸을 것이다.

"저 아이랑… 아는 사이, 구나?"

"…아, 응."

나도 꽤 혼란스러웠지만, 리얼충 여자에게는 시작부터 끝까지 완전히 의미불명이었을 것이다. 분명 납득 할만한 설명을 원하겠지.

하지만 이 상황을 어디서부터 이야기해야 좋을까.

"…으음."

나 자신부터 머릿속을 정리하면서, 나는 입을 열었다. 바로 그 순간.

두 가지 현상이 동시에 일어났다.

하나는 바람의 방향이 바뀌어, 예이 양 쪽으로 오늘의 첫 돌풍이 불어닥친 것.

또 하나는,

퍼어어엉!

"어?"

작렬음.

무슨 일이 일어났는지 그 순간에는 파악하지 못했다. 아하, 가슴 마우스패드가 열로 팽창해서 폭발했구나, 따위의 침착한 상황판단이 가능할 리도 없었다.

그럴 때가 아니었다.

돌풍에 날린 불똥이 예이 양의 눈을 노리고 날아가고 있었으니까.

"앗."

자신에게 다가오는 위기를 순간적으로는 인식하지 못했는지, 예이 양은 멍하니 서 있었다.

"위험해!!"

생각보다 앞서 몸이 움직였다.

뛰었다.

떨어졌다.

무아지경으로.

"괜찮아?!"

"아, 으응, 나는 괜찮은데."

"…다행이다."

안도의 한숨을 내쉬면서, 그제야 예이 양의 얼굴이 대단히 가깝다는 사실을 깨달았다.

그 이전에, 위치 상태가 이상하다.

"…앗."

이 자세는 알고 있다.

무릇 이벤트의 왕도, 실수로 자빠뜨려 버렸습니다 패턴이다.

"저, 저기, 미안."

저질러 버렸다.

이거, 약속된 전개라면 쓰러진 히로인이 얼굴을 붉히며 싸대기를 후려치겠지? 즉 나는 이제부터 뺨을 맞는 건가? 앗, 하지만 예이 양은 리얼충이니 오타쿠의 상식 따위와는 관계가 없으려나?

"아, 아라카와."

나를 부르는 목소리가 조금 떨렸다.

창피하다는 뉘앙스가 아니라 겁을 내는 듯했다.

언리얼충 남자에게 자빠뜨려졌을 때, 리얼충 여자가 품는 감정이라면, 공포.

…아, 그런 현실적인 이야기는 제발 그만. 무릇 이벤트라는 단어에서 상기되는 꿈과 희망과 낭만과 판타지가 와장창 깨져 버리잖아.

"괜찮아?"

"괜찮냐니, 뭐가?"

"그, 그게."

하지만 공포의 대상은 아무래도 내가 아니라는 분위기였다.

"불타고 있는데."

"…엉?"

인간이란 남에게 지적받기 전까지 자신의 일에 대해 의외로 깨닫지 못하는 법이다. 비일상적인 사건에 말려들어 극도로 흥분해 있을 때는 더더욱.

그리고 지적받은 순간에, 사실을 인식한 순간에, 오감에서 차단되어있던 정보가 한 번에 머릿속으로 흘러들어 왔다.

머리에서 느껴지는 이상한 열기라든가.

머리카락이 타는 냄새라든가.

"…아, 아, 아."

간단히 말하자면, 내가 불타고 있었다.

"으아아아아아아아아아아!!!!"

불타고 있어, 불타고 있다고, 어떡하지! 죽는다! 나 이러다 타죽겠어! 농담이 아니라, 이대로는, 난 오늘 여기서 죽는다고! 어, 이거, 엄청 뜨겁고, 탄내 엄청 나고, 엄청 겁나 빨개! 와, 내가 이렇게 죽는구나!

"아라카와, 저쪽에 연못!"

"연못?! 연못이라면, 물?!"

물이 있으면 불이 꺼지던가? 불이 꺼지면 안 죽는 거

지? 오오, 끝내준다! 나 안 죽는대! 물은 답을 알고 있다! 생명의 원천!

그리고 나는 달렸다.

살기 위해서 달렸다.

공원 연못을 향해, 전력으로, 활활 불타는 머리로.

성냥개비에 팔다리가 달리면 이런 느낌으로 뛰어다닐지도 모르겠다. 하지만 나는 성냥개비가 아니니까 불을 끄지 않으면 죽게 되거든. 미안해.

아마 이제까지 인생에서 가장 빠른 속도였을 것이다.

그야말로 화재현장에서 발휘되는 초월적인 힘!

그런데도 흘러가는 풍경은 왜 이리 느릿할까?

초딩 때 시즈오카에서 본 애니(고로케 대백과의 재방송)나 중딩 때 시즈오카에서 본 애니(고로케 대백과의 재재방송)처럼 상당히 오래된 기억들이 뜬금없이 되살아나는데.

아, 혹시 이게 주마등인가?

큰일 났다.

죽는다.

불 못 끄면 난 죽는다.

살아야 해.

살기 위해서,

나는,

뛰고,

또 뛰어서,

그대로 연못에 뛰어들었다.

❖   ❖   ❖

　머리를 감을 때 눈을 감는 버릇은 없지만, 오늘만큼은 힘주어, 눈을 질끈 감고 있었다.

　오감은 보통 시각이 8할, 나머지가 2할이다. 눈이라는 절대적 에이스가 항시 활약해 주기 때문에 귀나 코는 적당히 농땡이를 피울 수 있다. 그럼 이 녀석들이 제일 진지하게 일하는 때가 언제냐면, 바로 에이스가 기능을 정지한 비상사태 때다.

　그래서 지금 나는 시각을 제외한 사감이 굉장히 예민한 상태다. 특히 후각은 평소의 천 배쯤 일하고 있다.

　…무슨 소리를 하고 싶은 거냐면.

　이 샴푸, 향기가 엄청나게 좋다는 것이지요.

　리얼충 여자에게선 좋은 냄새가 난다. 그 정체가 뭔지 언제나 궁금했는데, 이번에 드디어 판명되었다. 샴푸였다. 리얼충 여자에게서 은은하게 풍겨오는 그 향기가, 지금 내 머리에서 100배쯤 농축되어 내 콧구멍을 자극하고 있다. 여기에는 행복함을 주체할 수가 없었다.

"아라카와, 여기에 갈아입을 옷 놔둘게-."

탈의실에서 예이 양의 목소리가 들렸다.

불투명 유리 한 장만을 사이에 두고서 내가 알몸으로 있다는 상황을 의식하자, 왠지 모르게 기분이 고양되었다.

여긴 예이 양의 집이다.

매일같이 알몸이 되는 욕실이다.

공원 연못에 뛰어든 나는 그야말로 물에 빠진 생쥐 꼴이 되었기 때문에, 예이 양 집에서 욕실을 빌려 쓰게 되었다. 현장에서 여기까지는 걸어서 20분 정도. 흠뻑 젖은 채로 거리를 걷는다는 건 여러모로 괴로웠지만, 전철이나 버스를 타는 것보다는 훨씬 낫다고 분명히 말할 수 있다.

"…고, 고마워. 정말로, 덕분에 살았어."

"신경 쓸 필요 없어. 그대로 내버려둘 수도 없잖아."

"…방치당했다면, 분명 곤란했을 거야."

"그치? 그건 악마가 따로 없지."

쿡 하고 웃는 작은 목소리도 놓치지 않는다. 눈을 감는다는 건 이렇게 대단한 효과를 발휘한다.

"그보다 고맙다는 인사는 오히려 내가 해야 하니까."

"에이, 괜찮아. 인사 같은 건…."

"괜찮을 리 없잖아."

괜찮지 않다고 하십니다.

"나를 지키려다가 아라카와가 불에 탄 거잖아?"

"아, 뭐, 그렇기는 하지만, 불도 금방 꺼졌고 화상도 없으니까."

"확실히 화상은 안 입었지만."

조금 주저하면서 예이 양이 지적했다.

"아라카와…, 머리카락이."

"…응."

욕조에 받아둔 온수를 머리부터 촤악 끼얹었다.

굳게 감았던 눈을 뜨고, 거울에 비친 자신의 모습을 보았다.

…거기엔 레게 뮤지션 같은 사람이 서 있었다.

아프로헤어는 아니다. 결코 아프로는 아니지만 엄청나게 꼬불꼬불하다. 뭐라고 할까, 자메이카를 엄청나게 동경하는 사람…이라는 느낌?

좋게 말하면 찰랑찰랑 스트레이트 헤어, 나쁘게 말하면 볼륨감 제로에 새카만 직모였던 나는, 그 인상이 흔적도 없이 사라져 버렸다. 대담하기 그지없는 이미지 체인지다.

"이야~, 마침 잘 됐네!"

"무슨 소리야?"

"난 예전부터 이런 헤어스타일 해보고 싶었거든!"

"와—, 거짓말."

넵, 거짓말 입니다.

간파당하는 데에 1초도 안 걸렸다.

"하지만 고마워."

"…뭐가?"

"아무것도 아냐."

눈을 조금 떠서인지, 불투명 유리 너머에서 예이 양이 어떤 표정을 짓고 있는지 전혀 알아볼 수 없었다.

"거실에서 기다릴 테니까, 나오면 알려줘."

그 말만 남기고는 예이 양은 탈의실에서 나갔다.

그보다 무슨 이유로 탈의실까지 온 걸까?

아, 그러게. 갈아입을 옷이 어쩌고 했는데.

…갈아입을 옷?

❖ ❖ ❖

"미안해, 내 옷 입게 해서."

"…괜찮아."

"일단 그게 제일 큰 옷이거든."

"응, 완전, 괜찮아."

거실로 이동한 나는 무슨 소리를 들어도 '괜찮다'밖에 대답하지 못하는 장치로 변해 있었다.

이 장치의 사양은 다음과 같다.

머리카락은 뽀글뽀글해서 꼭 풀려버린 철사 수세미가

연상되는 외모. 탄내는 물로 싹 씻겨나간 듯하고 그 대신 샴푸의 잔향, 리얼충 여자의 향기가 은은~하게 풍긴다. 그렇다, 그야말로 은은~하게.

목 아래를 덮은 옅은 핑크색 스웨터. 원래 팔다리는 긴 편이라 어떻게 봐도 기장이 짧다. 전체적으로 꽉꽉 낀다. 하지만 옷감 자체에 신축성이 있어, 맨살을 감싸는 부드러운 감촉이 기분 좋았다.

옷 속의 내용물에 대해서는 특별히 언급할 사항 없음. 아까부터 심장이 벌컥거리는 수준으로 뛰고 있어서, 약간의 자극만으로도 망가질지 모르니 주의해 주십시오. 이상.

"…으음, 내 옷은."

"세탁기로 빨 수 있는 건 빨아서 지금 건조 중이야. 그래도 교복은 클리닝에 맡기는 수밖에 없겠더라."

"…빨 수 있는 거, 라면."

"팬티라든가."

기습공격이었다.

리얼충 여자의 입에서 갑자기 튀어나온 '팬티'라는 단어에, 나는 동요를 숨길 수 없었다.

"미안해. 건조가 끝날 때까지만 스웨터 한 벌로 참아 줘. 아, 음, 그야 내 속옷을 빌려줄 수는 없으니까."

그~러~니~까~아~.

그런 소리를 조금 부끄럽다는 듯이 하는 건, 자제해 주지 않으시겠습니까! 이쪽은 이미 큰일이라고요! 여러 의미에서! 억누르는 게!

대체 이 상황은 뭐냐고요. 리얼충 여자의 집에서 샤워를 하고, 리얼충 여자의 옷으로 갈아입고, 리얼충 여자가 내 팬티를 빨고, 대체 뭐냐고요.

"…그, 그러고 보니까, 가족분들은?"

"엄마는 오늘도 늦게 돌아온다는 모양이야. 그러니까 문제없어."

문제없다(의미심장).

아니, 알고 있다. 분명 실제로는 조금도 의미심장하지 않다고. 내가 멋대로 상상해서 멋대로 흥분하고 있을 뿐이다. 이게 또 오타쿠의 안 좋은 버릇이거든.

"…그런데 아버지는?"

"아─, 없어. 우리 집은 엄마랑 나 둘이서만 살거든. 남자 옷이 있었다면 그걸 줬을 텐데."

"…그, 그랬구나. 미안해."

배려심이 없는 질문을 해 버렸다.

남의 집안 사정을 무신경하게 파고들면 안 되는데.

어쩐지 분위기가 울적해져 버린 데다 내 기분까지 쳐져 버렸다.

"그리고 다시 말할게. 정말로 고마워. 나를 지켜준 아라카와, 엄청 멋있었어."

"벼, 별 거 아니야."

"그보다 큰일이야. 너무 큰 도움을 받아서 어떻게 보답해야 할지 전혀 감도 안 잡혀."

"…아니, 보답이라니."

"아, 보답이라고 할까, 사과라고 해야 맞으려나? 아무래도 내가 쓸데없는 소리를 하는 바람에, 지켜야 한다는 압박감 같은 게 있었을 거 아냐?"

쓸데없는 소리, 라니.

'그럼, 내가 위험에 빠지면 아라카와가 지켜 줄래?'

그거 말인가.

"아, 아냐, 그런 게 아니라. 그런 거랑 상관없이 몸이 멋대로 움직였을 뿐이야."

"아라카와는 사람이 착하니까 그렇게 말해 주겠지만, 그래도."

"책임 같은 건 느낄 필요 없어. 그보다 진짜로 책임을 느껴야 하는 게 누구냐면."

모든 원흉은,

'고, 고구마? 고구마 굽기?'

그런 장소에서 그런 짓을 하고 있던, 그 녀석이니까.

"니노마에 나나코."

풀네임을 복창한 후에, 예이 양은 잠시 침묵했다.

"한 일(一) 자라고 쓰고, 2의 앞이라는 뜻으로 읽는 '니노마에'?"

"응, 맞아."

"아, 기억난다."

졸려 보이던 눈이 약간이나마 뜨였다.

"그럼 그 아이, 같은 반이잖아! 2학년 4반이잖아! 우와-, 어째서 이제까지 까먹고 있었던 걸까. 우와, 우와-."

"…반이 바뀐 지 고작 이틀인데 얼굴을 다 기억한다면 그게 더 이상하다니까."

첫 홈룸 시간에 자기소개를 하는 시간도 있었지만, 마흔 명이 30초씩 무난하게 한마디씩 하는 것뿐인 무의미한 의식이니까. 평범한 인간에게는 흥미 없습니다, 같은 소리로 갑자기 분위기를 싸하게 만드는 오타쿠도 한참 전에 절멸한 모양이고.

하지만 이게 이틀째가 아니라 2주째 되던 날에 일어난 일이라고 해도, 예이 양이 이나고 양의 얼굴을 기억했을지는 의문스럽다.

오타쿠의 시점으로는 리얼충을 개체별로 식별한다는 것은 어려운 일이다. 단독으로 움직이는 모습을 자주 보기도 힘드니까, 리얼충 집단A(축구부가 중심), 리얼충 집단B(아마 음악계) 같은 식으로 인식하는 경우도 적지 않을 것이다. 아마도.

어차피 리얼충들도 오타쿠를 비슷한 방식으로 인식하지 않을까?

예이 양에게 이나고 양은 거의 배경과 동화된 엑스트라 캐릭터 정도로밖에 안 보이겠지?

그런 식으로 생각하게 된단 말입죠. 암요.

그리고 거기서 한 걸음 더 나아가 '그럼 나는 예이 양에게 어떻게 인식되고 있을까' 따위는 생각해선 안 된다. 정신붕괴를 일으킬 위험성이 있다.

"아라카와, 니노마에랑 작년에 같은 반이었어?"

"아니, 반은 달랐어."

"그럼 어떻게 알게 된 사이야?"

"…뭐, 이런저런 일로."

OTA단의 인연입니다, 오타쿠의 인연이죠, 라고는 말하지 못했다.

그보다 실제로 그렇지도 않고.

애초에 난 오타쿠가 아니니까.

"흐응~?"

"…왜, 왜 그래?"

"혹시 전 여친?"

예상을 완전히 빗나간 의혹이 작렬했다.

"푸흡!"

"아, 미안, 정답이었나 보네?"

"정답은 무슨! 정답에는 1밀리도 스치지 않았어! 그보다 왜? 대체 그런 발상은 어디서 튀어나온 거야?"

"아-, 그야 남한테 그다지 말하고 싶지 않은 것 같아서. 그렇다면 예전에 그렇고 그런 사이였던 걸까-, 라고 생각했거든."

무시무시하다, 리얼충 여자.

타인의 말할 수 없는 과거라면 사귀고 헤어지는 문제밖에 떠오르지 않는 모양이다.

흑역사 따위 단 하나도 없겠지. 이제까지의 인생 전체를 긍정할 수 있을 거야.

"니노마에가 태우던 게 혹시 아라카와와의 추억이 담긴 보물이 아니었을까? 같은 생각을 하다 보니까 조금 눈물이 나서."

"안 울어도 돼. 그럴 만한 요소가 전혀 없다고."

가슴 모양 마우스패드에 추억이 담겨 있겠냐고.

"하지만 그렇다면 왜 그러고 있었던 걸까? 여유가 없어 보였다고 할까, 막다른 곳에 몰려 있다고 할까, 그런 느낌이었는데. 아라카와, 짚이는 구석 없어?"

"⋯글쎄? 나도 요즘엔 거의 대화를 안 했거든."

이건 거짓말이 아니다.

오늘 OTA단 전단지를 받으면서 이나고 양과 잠깐 대화한 게 아마 아홉 달 만일 테니까. 내가 OTA단을 그만둔 이후로 처음이었다.

물론, 가끔 이나고 양의 근황을 알 기회는 있었지만.

짚이는 구석이, 없지는 않지만.

예이 양은 오타쿠쪽 지식이 전혀 없을 테고, 그렇다면 설명하기 상당히 곤란할 테니까 일단 넘어가자.

"요즘이라면 언제쯤부터?"

"…1학년, 여름방학 끝날 무렵부터."

그 정보를 들은 예이 양은 잘 알겠다는 듯이 고개를 끄덕였다.

"여름방학 전용이었구나?"

"음, 뭐가?"

"여름방학 전용 여친, 이라고 할까?"

"…아까부터 거듭 말씀드리고 있습니다만, 그러한 사실은, 조금도, 털끝만큼도, 티끌만큼도 없었습니다만."

"아하하, 미안해. 농담이었어."

아무리 농담이라고 해도, 사귀고 헤어지는 문제에 대한 허들이 너무 낮지 않나요? 여름방학 전용이라니, 리얼충의 세계에선 그게 상식입니까?

역시 가치관이 달라도 너무 다르다.

하지만 리얼충을 목표로 한다면 그런 가치관을 가져야 하는 걸까.

어떤 일이 되었든 가볍게 받아들여 버리는, 모든 심리적

허들을 극한까지 낮춰 버리는, 그런 가치관이어야.

"월요일에 니노마에한테 말 걸어 볼까."

"어? 그건 왜?"

"음, 조금 신경이 쓰여서."

"…조금 신경이 쓰인다는 이유만으로?"

"응. 어? 내가 뭔가 이상한 소리 했어?"

예이 양은 리얼충이니까 그다지 상상이 안 될지도 모른다.

이나고 양 같은 타입의 오타쿠가 리얼충한테서 악의가 없는 커뮤니케이션 시도를 받는 경우, 얼마나 긴장하고 경계하는지.

"같은 반인 데다가 오늘 일도 있었으니까, 오히려 말을 안 걸 이유가 없지 않아?"

"…아, 응. 그러게. 저도 동감입니다."

동의하지 않을 이유가 없기에, 동의한다.

리얼충 여자인 예이 양과 오타쿠 여자인 이나고 양.

같은 교실을 쓰지만 거의 접점을 갖지 못하고 끝났을 이 둘에게, 아무래도 접점이 생겨난 듯했다.

"아, 벌써 9시 반이네."

예이 양이 스마트폰을 꺼내더니 작게 중얼거렸다.

"슬슬 엄마도 집에 올 때가 된 것 같은데."

자, 그럼 상상력을 발휘해 보자.

예이 양의 어머니 시점에서 보면, 일을 끝내고 집에 왔더니 레게 뮤지션 같은 머리꼴을 한 남자가 딸의 옷을 입고 거실에서 널브러져 있는 구도다.

"기왕이니 인사하고 갈래?"

"아니, 그건, 사양하고 싶은데!"

오늘 일의 인사를 하더라도 최소한 내 옷을 입은 날이 좋겠어!

…라는 관계로.

세탁건조기에서 팬티를 회수하고 내가 있었던 흔적을 최대한 소거한 후에 나오기로 했다. 교복은 드라이클리닝을 맡겨서 집까지 입고 갈 옷이 없으니까, 이 얇은 핑크색 스웨터는 빌려 가기로 했다.

"고마워. 깨끗하게 빨아서 돌려줄게."

"아, 괜찮아－. 줄게. 더이상 안 입으니까."

아, 네, 그렇군요.

그야 내 고간이 직접 닿은 옷은 도저히 입을 마음이 안 들겠지.

"나야말로, 이래저래 고마워."

제멋대로 상상의 나래를 펼치며 멋대로 상처를 입는 속물인 나와는 대조적으로, 예이 양의 미소에선 신성함마저 느껴졌다. 직시할 수 없다.

"…일단 오늘은 늦었으니까 그만 갈게."

"응. 그럼 월요일에 보자."

나는 미묘하게 시선을 피하고 있었지만, 예이 양이 두 손을 펼친 채로 내미는 건 놓치지 않았다.

"예—이."

"…예, 예~이."

이게 리얼충식 작별인사.

나로서는 영 석연치 않다고 할까, 어색한 느낌의 하이파 이브였다.

❖　❖　❖

지하철 창문에 이상한 사람이 비치고 있었다.

까맣고 꼬불꼬불한 머리카락도, 생기발랄한 핑크색 옷도 절망적으로 안 어울린다. 무엇 하나 어울리는 요소가 없어 기적적인 수준의 불협화음을 연주하고 있었다.

…뭐, 다름 아닌 나지만.

여성용 스웨터는 어쩔 수 없다 쳐도 머리카락이 너무하다. 욕실에서 거울로 봤던 실루엣보다 확실하게 볼륨이 커졌다. 젖었을 때와 말랐을 때의 차이일까. 그을린 머리카락이 커다랗고 검은 구체를 형성해 꼭 개그 방송에서 쓰이는 가발 같았다.

창문이 보이지 않는 장소로 이동하고 싶었지만, 지하철 차 안은 나름대로 붐벼서 다음 역에 도착할 때까지는 이동할 수 없다.

으음~.

이런 때에는 역시 스마트폰이 최고다.

BINE의 읽지 않은 메시지가 약 100개에 달했다. 오늘 노래방에 갔던 멤버들이 단체방에서 떠들어댄 모양이었다. 안 읽은 곳까지 거슬러 올라가는 것도 고생이고 읽었다는 표시를 남겨버리면 곧바로 대답하고 싶어지니까, 나는 일러스트 투고 사이트를 띄웠다.

"…앗."

마침 이나고 양이 그린 제6돌격대가 메인에 올라와 있었다. OTA단 입부권유 전단지에 쓰였던 바로 그 그림이었다.

"대단하네. 또 랭킹 1위인가."

이제 와서 놀랄 일도 아니지만.

이나고 양은, 뭐라고 해야 하나, 잘 아는 그림쟁이니까.

어떤 타이밍에 어떤 일러스트를 투고하면 가장 많은 인기를 얻을 수 있는지, 숙지하고 있으니까.

과거 일러스트 일람을 보니 정확히 석 달마다 그리는 캐릭터가 바뀐다. 기준은 명확하다. 각 계절마다 패권인 작품, 그 시점에 가장 인기가 많은 캐릭터다. 이를테면 오타쿠가 아닌 나조차 이름을 아는, 반코네의 제6돌격대 같은 것들뿐.

겨울의 패권.

가을의 패권.

여름의 패권.

최신순으로 정렬한 화면을 스크롤하며 계속해서 아래로 내려간다.

맨 아래에 웅크리고 있던 건 작년 봄의 패권.

아이돌 파이브의 마법소녀 미코미였다.

"…그립네."

이 일러스트를 투고하기 전후의 일은, 지금도 생생하게 기억하고 있다.

이나고 양은 원래 이 사이트에 계정을 갖지 않고 있었다. 이렇게 그림을 잘 그리는데 아깝다! 라면서 OTA단 모두가 부추겨서 부실 컴퓨터로 회원 가입을 했다.

그리고 그 일러스트는 순식간에 랭킹 상위를 꿰어찼다.

OTA단은 완전히 축제 무드였다.

오타히메의 '춤춰보았다' 동영상 때도 축제였지만, 이번에는 그때보다 더 요란했다.

일단 일러스트를 마구 인쇄해서 학교 여기저기에 잔뜩 붙였는데, 무허가였기 때문에 선생님한테 엄청 혼났다.

봄이라서 그런지 다들 들떠 있었다.

하지만 계절이란 영원히 계속되지 않는다.

오타쿠의 달력으로 생각해도 봄은 6월 말에 종료. 7월이 되면, 여름이 되어 버리면, 봄의 패권 따위는 과거의 유물이다.

"오와콘이라*…."

이번에는 천천히, 위로, 또 위로 페이지를 스크롤했다.

7월 이후로 이나고 양은 아이돌 파이브의 일러스트를 단 한 장도 올리지 않았다. 다음 패권으로 이주해 신참들이 좋아할 만한 캐릭터를 그리며 랭킹을 올린다. 계절이 바뀌면 또 다음 패권으로. 석 달 단위로 그것을 반복하고 있다.

이제는 미코미를 그리는 일이 없을 것이다.

그 사건 때문에, 열성 팬들도 거의 다 떨어져 나간 모양이니까.

"…하아."

오랜만에 떠올려 버렸다.

하루하루가 즐거워서 견딜 수 없었던 그 석 달을.

마음속으로라도 이나고 양을 이나고라는 호칭으로는 부르지 않았던 그 시절을.

그리고, 내가 오타쿠가 아니라는 사실을 뼈저리게 느낀 그 사건을.

[이번에 내리실 역은 나카노, 종점입니다. JR선을 이용하실 분은 이번 역에서 내리시기 바랍니다.]

---

* 終わったコンテンツ, 끝난 콘텐츠라는 일본의 줄임말

기계음 안내방송이 흘러나왔다. 이쪽 문이 열리는 모양이었다. 나는 스마트폰을 가방에 찔러넣고, 다시 한번 창가에 비친 나와 마주보았다.

역시 지독한 헤어스타일이다.

전철이 역에 도착하는 수십 초 동안, 조금이라도 나아질까 싶어 손끝으로 이리저리 만져 보았지만 안타깝게도 큰 변화는 없었다.

유일한 구원이라면 은은하게 풍겨오는 샴푸 향기뿐.

내 머리에서 리얼충 여자의 냄새가 나면 조금은 행복한 기분이 될 수 있다고.

스웨터 안감을 통해 온몸의 피부로 느껴지는 리얼충 여자의 온기까지 더해지자, 상승효과로 조금 흥분하게 된다.

창문 너머로 보이는 풍경은 아까까지 지하를 달리느라 캄캄했지만, 지금은 역 주변의 번화한 빌딩가로 변해 있었다. 시즈오카에 없는 모든 것이 갖춰진 도쿄의 야경 속에서, 문득 24시간 영업하는 드러그스토어가 눈에 들어왔다.

"…샴푸, 사서 돌아갈까."

아, 아니. 이상한 목적이 아니라.

슬슬 새로 살 시기라서 가는 것뿐이다.

스스로에게 그런 의미불명의 변명을 늘어놓으며, 나는 전철에서 내려 걷기 시작했다.

2장

월요일의

이나고 양

월요일 아침.

내가 교실로 들어가려 한 타이밍에 딱 교실에서 나온 이나고 양과 조우한다는, 뭐라고 할까, 대단히 멋진 이벤트가 발생했다.

"…좋은 아침."

"조, 조으, 좋은 아치히푸픕!"

인사 도중에 강렬하게 뿜는 오타쿠 여자.

이유는 알고 있다.

내 헤어스타일이 예상 외로 재미있었기 때문이리라.

"잠깐, 만, 푸, 푸후후흡. 그, 그, 머리, 푸후후흡, 아하하하하하하!"

네 글자로 묘사하면 포복절도, 현웃터짐. 웃음보가 터졌는지 말도 제대로 못 했다.

그야 웃기기도 하겠지.

사흘 전까지만 해도 언제나 야겜 주인공처럼 찰랑거리는 앞머리로 눈을 가리고 다니던 동급생이, 오늘은 갑자기 개그 방송용 가발이나 다름없는 뽀글머리로 나타났으니까.

나 자신도 이렇게까지 심한 꼴이 될 거라고는 생각하지 않았다. 목욕하는 동안에는 꽤 괜찮은 남자였는데. 레게 뮤지션이 연상되는 분위기였는데. 주말에는 새로 산 샴푸의 향이 좋아서 몇 번이고 샤워를 하는 바람에 머리카락이 마르고 나면 어떻게 될지 생각도 하지 못했다.

주말에 클리닝을 완료한 교복은 마치 새것처럼 줄이 잘 잡혀서, 그게 또 기묘한 부조화에 일조하고 있었다.

응.

그야 웃기겠지.

"미, 미안, 쿠훗, 웃으면, 실례, 겠지. 푸, 푸후후훕."

이나고 양의 반응에 다른 반 아이들도 이변을 깨닫기 시작했다.

술렁술렁, 수군수군, 소란이 퍼져간다. 쇼토쿠 태자처럼 여러 사람의 이야기를 동시에 듣는 능력은 없지만, 그런 와중에도 봄버 헤드라는 단어는 두 번 정도 들렸다. 아, 성가셔.

"이, 이미지 체인지를, 했, 구나. 푸훕. 머, 멋있, 네."

"…그렇구나."

"저, 정말, 이야, 푸후후훕, 멋있다니, 까."

"…고마워."

조금만 더 빈말이라는 사실을 숨기려는 노력을 해주면 참 좋겠는데.

"후우, 후우, 휴우…."

이나고 양이 호흡을 가다듬었다. 역시 이쯤 하니 진정된 모양인데, 그래도 내 머리를 제대로 직시하지는 못하겠는지 노골적으로 시선을 회피하고 있었다.

"…물에 젖으면, 조금은 더 괜찮은 느낌이 되기는 하거든."

"모, 목욕했을, 때라든가?"

"그래. 그리고 교복을 입은 채로 공원 연못에 뛰어들었을 때라든가."

"푸훗! 여, 연못! 그, 그건, 엄청, 와일드한데?"

"실은 사흘쯤 전에."

"사흘쯤 전에?"

"바람이 불어서."

"바람이 불어서?"

"가슴이 폭발해서."

"가스… 쿠후후흡, 응, 폭발, 해서."

"내 머리가 불타 버렸거든."

"푸, 푸훗, 아하하하하하하! 저, 정말, 료타 씨, 너무 의미불명이야!"

이나고 양이 다시 웃음을 터뜨렸다.

"어째서? 어째서 가슴이 폭발하는 거야?"

"그러게 말야. 보통은 가슴이 폭발하는 일은 없지."

"쿠, 쿠후후후후, 아, 틀렸어. 또, 못, 참겠, 어. 가슴이, 가슴이이, 가아스…."

민망한 단어를 연발하던 이나고 양이 갑자기 그대로 정지했다.

불과 2초 전에 '못 참겠다'고 말한 건 대체 뭐였지.

"…폭발해서, 머리카락이, 불타, 버렸다…?"

곱씹듯이 복창하면서,

"…사흘 전에, 불타 버렸다?"

피했던 시선을 다시 이쪽으로 되돌렸다.

"…앗."

점과 점이 이어진 듯했다.

"…그, 그, 그건 혹시."

이나고 양의 얼굴에서 핏기가 싹 가셨다.

"저, 저, 저, 정말 미안해!"

둘이서 사람이 잘 다니지 않는 계단으로 이동한 후에.

이나고 양은 나에게 몇 번이고 사과했다.

"서, 서서서서, 설마, 그 후에, 불이, 료타 씨의, 으, 으 아아아아아아."

"…이젠 괜찮아. 머리카락 말고는 다 무사하니까."

"하, 하지만, 나 때문에, 료타 씨의 머리카락이, 이 지경이 되었…."

"…미안하게 생각한다면 이 지경이라고는 말하지 말아 줄래?"

은근슬쩍 실례되는 폭언을 퍼붓는다.

난 결코 인간으로서 그릇이 큰 편은 아니니까, 웃으면서 용서해줄 수 있는 범위에도 한도가 있거든?

"아, 아아, 미, 미안, 저기….."

"그런데 그때 뭘 하고 있었던 거야?"

"어?"

"불태우던 건 고구마가 아니라 반코네 굿즈였지?"

"으음, 그, 그그그그그게."

말도 안 되는 변명이 봉인당한 이나고 양은, 어쩔 줄 모르고 핑글거리는 눈으로,

"고구마, 가, 아니라."

"응."

"반코네, 굿즈였어."

"그래."

내 질문을 그대로 복창하는 방식으로 사실을 인정했다.

"료, 료, 료타 씨."

"응?"

"이, 이 이야기, 모두한테는, 이미."

"모두?"

주뼛거리며 그런 걸 물어보았다.

지시어가 죄다 애매모호해서, 긴 영어 문장을 읽은 후에 that이나 it이 무엇을 가리키는지 답해야 하는 기분이 쏘퍼킹 스페셜 하지만, 뭐, 해석이 안 되는 것도 아니다.

　"…OTA단 사람들한테 일러바쳤는지 묻는 거야?"

　그녀의 어깨가 흠칫 떨렸다.

　정답인 모양이다.

　"그거라면 하지도 않았고 앞으로도 할 생각 없어."

　후우, 하고 가슴을 쓸어내린다.

　안심한 모양이다.

　"…알려지고 싶지 않은가 보구나."

　"아, 아니, 그, 따, 딱히, 그런 건, 아니지, 만? 딱히, 문제는, 없기는, 한데? 에헤헤헤."

　"…그런데, 이유는?"

　"이, 이유라고…, 말씀하신다면."

　"반코네 굿즈를 다 태워버린 이유."

　그렇다. 질문을 할 때는 이런 식으로 명확하게. that이나 fuck 같은 단어는 쓰지 말고.

　"아니, 뭐, 어렴풋이 상상은 가지만. 작년 6월 즈음에 아이돌 파이브를 불태웠던 때랑 비슷하겠지."

　"아…."

　이나고 양의 표정이 갑자기 진지하게 변했다.

❖　❖　❖

　그것은 역사에 길이 남을 정도로 장절한 폭사 사건이었다.

　약속된 패권이었을 터인 콘텐츠가 고작 며칠 만에, 게다가 2기 최종화 방송 직전이라는 타이밍에 완전히 끝장나 버렸다.

　일의 발단은 주간지에 게재된 한 장의 사진.

　글모음 사이트의 기사 제목은 확실히 이런 식이었다.

　【스크롤 주의】아이돌 파이브! 초인기 성우 남친 발각 ㅋㅋㅋ 발광한 돌파이버. '처녀막에서 목소리가 나지 않아' '귀에 정자가 낀다'라면서 미쳐서 원반 매체를 불태우는 중 ㅋㅋㅋ

　6/29 23:00 코멘트 (1497)

　해시태그 #원반 누가 더 잘 태우나 선수권

　그런 질 나쁜 장난이 오타쿠 사이에서 트렌드가 되었다.

　수십만 명이나 되는 돌파이버(아이돌 파이브의 열광적인 신자들)로부터 '창녀 목소리'라고 불리게 된 모 성우는 오타쿠들에게 공공의 적 취급을 받아, 떼거지로 공격하지 않으면 오타쿠가 아니다! 옹호하는 오타쿠는 전부 소속사에 고용된 알바부대다! 라는 풍조가 생겨났다.

그렇게 되어버리면 더이상 걷잡을 수가 없다.

영상매체뿐 아니라 팬북도 피규어도 태피스트리도 가슴 마우스패드도, 온갖 굿즈들이 불구덩이 속으로 던져졌다. 불태우는 굿즈가 비싸거나 양이 많을수록 대단한 오타쿠라고 떠받들어졌기에, 하루가 멀다 하고 과격한 사진이나 동영상이 인터넷을 뒤흔들었다.

당연히 OTA단에서도,

[탈 수밖에 없잖아, 이 빅웨이브에는!]

이라는 이야기가 나왔다.

오타히메뿐 아니라 모두가 '이의 없음!'이라는 분위기였다.

한 명, 분위기 파악이 안 되는 시골뜨기 한 명을 제외하면.

[아니, 잠깐만. 그건 좀 그렇지 않아? 그야 안의 사람한테 남친이 있었다는 거야 확실히 쇼크지만, 그렇다고 미코미나 아이돌 파이브한테 죄가 있는 건 아니…라고 할까, 과잉반응이라는 기분이 든…다고 할까.]

[료타 씨? 그건 리얼충 사이드로 떨어져 버릴 만한 발상인걸?]

[…어?]

[설마, 설마~. OTA단에 오타쿠의 적이 숨어 있었을 줄이야! 이 배신자~☆ 죽어라, 리얼충~☆]

[…뭐?]

의미를 알 수 없었다.

적어도, 그런 말을 들은 당시에는.

시즈오카에서 상경한 지 석 달. 아직 나는 내가 오타쿠라고 믿고 있었으니까.

말도 안 되는 착각이었다.

단순히 애니 좀 본다고 오타쿠가 아니다. 오타쿠가 되고 싶다면, 오타쿠의 가치관이 아닌 가치관을 전부 버려야만 한다. 시골에서 몸에 익은 상식을 잊고 도쿄의, 아키하바라의, 오타쿠의 방식으로 사고할 수 있어야 한다. 빅웨이브에는 타지 않으면 안 된다.

즉, 나는 오타쿠가 아니었다.

OTA단은 내가 있을 곳이 아니었다.

그 사실을 좀 더 빨리, 적어도 4월이 가기 전에 깨달았더라면.

내 고등학교 생활은 상당히 다르게 흘러갔을지도 모른다고 생각한다.

❖　　❖　　❖

그로부터 약 9개월.

반코네 굿즈를 태우는 이나고 양을 목격하고, 이유를 생각하다 보니 필연적으로 아이돌 파이브 사건에 도달해 버렸다. 이제는 그런 사건은 잊고 싶었는데.

하지만 완전히 납득한 것은 아니다. 여전히 이해가 안 되는 점들이 있다.

"반코네도 성우 스캔들로 난리가 난 줄 알았거든. 하지만 아무리 찾아봐도 그런 이야기는 나오지 않더라. 동영상 사이트에서도 SNS에서도 글모음 사이트에서도 대체로 호평이더라고. 그럼 왜? 라고 궁금해져서 말이지."

주말 대부분을 소비해 나름대로 조사해본 결론은 바로 '모르겠다!'였다.

뭐, 어차피 이런 머리꼴로는 마음 편히 외출도 못 하니까 집에 틀어박혀 있었다는 사실에 불만이나 후회는 없습니다. 오히려 3시간마다 샤워를 하면서 예이 양의 샴푸 향을 충전할 수 있었으니 이틀 내내 행복감으로 충만했지요.

…그건 넘어가고.

아이돌파이브 이야기를 꺼낸 후부터 이나고 양이 묘하게 무표정해졌다.

감정을 이성으로 억누른 듯한 얼굴로 가만히 발밑만 보고 있다.

"…저기요~?"

"료타 씨하고는, 상관없어."

"뭐?"

그 대답은 조금 예상 밖이었다.

"아, 아니, 잠깐. 상관없다는 말은 좀 아니지 않아? 난 일단 피해자거든?"

"머리카락은, 정말로, 미안해. 나 때문에 불에 탔는데, 아까 웃어 버린 일도, 미안하고."

"…그거랑 이건 별개의 문제, 라고 말하고 싶은 거야?"

"어, 아, 으, 응. 료타 씨는, 이 이상, 상관하지 않는 편이 낫다, 고 할까."

"…학원 이능배틀물의 여주인공이 1화에서 할 것 같은 대사네."

"아, 아니, 난, 딱히, 세계의 '종언'을 막기 위해 정체불명의 '요마'들과 극비리에 '전쟁'을 수행하고 있는 '기관'의 인간 같은 설정, 이 아니라."

"나도 알아, 그 정도는."

이나고 양은 오타쿠지만 중2병 환자는 아니니까. 중후한 설정보다 히로인이 얼마나 귀여운지를 중시하는 타입이다.

"그런 건 아니지만, 하지만, 그게."

담담한 말투로, 약간은 쓸쓸한 표정으로 이나고 양이 말했다.

"료타 씨는 오타쿠가 아니잖아."

"…아."
나는 그 말을 듣고 그대로 굳었다.
"나처럼, 질척거리는 오타쿠의 이야기를, 들어도, 아마 이해가 안 될 거야. 료타 씨는, 분명, 이게 대체 뭔 헛소리지? 라고 생각할 거야. 너무 의미불명이라서. 에헤헤헤."
"…아니, 난, 그렇지는…."
"료타 씨가 작년에 OTA단에 들어온 건, 착각 때문, 이라고 할까, 잘못 선택했던 거지? 오타쿠가 아니니까, 금방 그만둔 거지?"
반론할 기회를 주지 않는다.
아니, 만약 기회가 생긴다 해도 과연 뭘 어떻게 할 수 있을까.
"그런데도, 저번에, 돌아오면 좋겠다는 말을, 해서, 으음, 엄청, 실례였지? 분위기 파악도 못 하는 오타쿠라서, 미안, 해."
그야 이나고 양은 제멋대로의 착각이나 단정으로 말하는 게 아니라.
'…미안해, 무리야.'

'난 오타쿠도 아니고.'

내가 한 발언을 그대로 인용하고 있으니까.

"그, 그러니까? 공원에서 있었던 일도, 이 이상, 아무것도, 묻지 않아 준다면, 오타쿠가 아닌 료타 씨도, 오타쿠인 나도, 서로, 행복하지 않을까, 해서. 에헤헤헤."

이나고 양의 시선은 여전히 아래를 향하고 있었다.

뽀글뽀글 헤어를 아직도 직시하지 못한다, 아무리 참으려 해도 웃음이 터진다, 같은 이유는 분명 더이상 상관없을 것이다.

❖　❖　❖

나라는 존재는 대체 뭘까?

고대 그리스부터 현대 일본에 이르기까지, 인류가 걸어온 역사와 함께 수천수만 번 반복된 철학적 문답이다.

따라서 답도 그리 쉽게 나오지 않는다. 가만히, 끈기 있게, 끝없이 펼쳐지는 푸른 하늘을 올려다보며, 느긋하게 흘러가는 구름에 영원과 찰나의 관계성을 찾아내고, 그 틈바구니에서 살아가는 인간들의 행위에 대해 고찰하면서,

"다들 안녕−."

"안녕, 키놋치−."

인류는 어디에서 와서 어디로 가는가?

공동체의 한 개체에 불과한 자신에게 어떠한 의미를 부여하면 좋은가?

"예—이!"

"예~이."

모든 논의를 거쳐, 근원이라 칭해 마땅한 문답으로 회귀한다면.

나라는 존재는 대체 뭘까?

"어라? 잠깐만, 아라카와 맞지?"

"…넵, 아라카와 료타입니다. 간밤에 잘 주무셨습니까."

"와— 진짜 뭐야—! 와—, 너 왜 태연한 표정으로 얼굴로 인사하는 거야!"

리얼충 남자인 키노모토가 내 어깨를 팡팡 두드렸다.

철학적 문답은 강제종료.

어차피 리얼충이란 어려운 걸 생각하지 않는 생물이니까.

그리고 오타쿠가 아닌 나는, 리얼충이 되는 것을 목표로 하고 있으니까.

교실로 돌아온 지 약 5분이 지났다. 이나고 양한테 아무 말도 하지 못했다는 쇼크 탓에 사고가 터무니없는 방향으로 폭주했지만, 어찌어찌 현실 세계로 돌아오는 데에 성공한 모양이다.

"우와, 이거 진짜 쩐다! 어떻게 파마를 하면 이렇게 되는 거야?"

"…파마?"

그런 발상은 없었다.

그러고 보니 키노모토의 갈색 머리카락은 조금 구불구불하다. 날 때부터 이런 머리카락이 아니었구나. 미용실에서 2만 엔쯤 들여 염색&파마&익스텐션 따위를 받은 거구나.

당연하기 그지없는 사실을 이제야 깨닫고 마음속으로 유레카를 외치던 나에게, 예이 양이라는 이름의 천사가 상냥하게 미소 지어 주었다.

"파마에 실패해서 이렇게 된 거야?"

"…어?"

"아, 미안, 정말이었나 봐? 혹시 진지하게 좌절 중이야?"

"…아, 응."

대화 내용에 위화감을 느끼면서, 조건반사로 맞장구를 쳤다.

"와, 정말−? 역시 밤늦게까지 하는 미용실은 갈 게 못 되는구나."

"…밤늦게까지?"

"금요일 밤에, 이제부터 머리 자르러 간다고 말했잖아."

"…앗."

예이 양이 만들어낸 이야기라는 걸 그제서야 겨우 깨달았다.

이나고 양이 반코네를 불태우는 현장에 조우했다거나, 예이 양의 집에서 샤워를 했다거나 하는 굳이 남에게 말할 필요 없는 일들을 전부 배제 시키고 이 머리카락에 대해 합리적으로 설명할 수 있는 스토리다.

"마, 맞아! 이렇게 다 태워먹을 줄은 몰랐거든!"

"키놋치-. 진지하게 좌절하는 사람을 괴롭히면 안 되잖아? 울지도 모르잖아?"

"다, 당연하지! 난 그런 나쁜 사람 아니라고-!"

너무 천사시네, 예이 양은.

분위기를 읽는 능력이라고 할까, 사태를 원만하게 수습하는 능력이라고 할까, 아무튼 그런 능력이 엄청나다. 같은 인간이라고는 생각할 수 없을 정도다. 레알 천사다.

"그리고 아라카와, 왁스 같은 거 안 쓰지?"

"…왁스?"

바닥 청소를 마무리할 때 쓰는 그거 아니겠지?

그런 느긋한 생각을 할 때가 아니었다.

예이 양이 두 손을 내 머리로 뻗더니, 마리모처럼 복슬복슬한 머리카락 속으로 쑥 넣었기 때문이다.

"…앗."

"응, 그야 이렇게 부드러운 걸."

그 웃는 얼굴은, 내 시점에서는 예이 양의 팔 길이와 같은 거리에 있었다.

양쪽 귀 바로 위에서 내 머리카락을 세 번 정도 쥐었다 폈다 했다. 그 미세한 진동이 목에서 등으로 전해져 좌르르르 닭살이 돋았다.

이거 대체 뭐죠?

엄청나게 흥분되는데요.

"메, 메구?"

키노모토가 뭐라 형용하기 힘든 복잡한 표정으로 이쪽을 보고 있다.

잘은 모르겠지만 왠지 사과해야 할 것 같다는 기분이 든다. 죄송합니다. 아마 잘못한 건 아무것도 없겠지만 아무튼 죄송합니다.

"키놋치, 머리카락 잘 만지는 편이지?"

"어? 어, 음, 그럭저럭."

"그럼 같이 좀 봐줘. 남자 헤어스타일은 역시 남자가 잘 아는 법이잖아?"

예이 양이 두 손을 뺀 순간 샴푸 향이 확 퍼졌다. 같은 향이라는 걸 들키지 않을까? 괜찮으려나.

…아니, 그런 것보다.

난 지금 리얼충쪽 인간이지?

이 집단에 제대로 녹아들어 있는 거지?

"카나메 씨, 마, 좋은 아침이다."

오타쿠 남자 한 명과 미소녀 한 개(2차원)가 교실에 들어왔다.

예이 양이나 키노모토를 포함한 2학년 4반의 거의 모두가 그 이상한 조합에 한순간 시선을 빼앗겼다.

"어제 BINE에서 말했던 예의 물건, 마, 가지고 왔다 아이가."

칸사이 사투리지만 근본을 알 수 없는 수수께끼의 언어.

이 오타쿠 남자는 야규, 통칭 야기우 씨다. OTA단 2학년에 지금은, 으음, 몇 반이더라? 아무튼 4반은 아니다.

'하라쇼~.'

아마도 러시아어.

아, 실제로 들렸다는 건 아니다. 내 머릿속에서 재생되었을 뿐이지.

다키마쿠라에 프린트된 2차원 미소녀의 이름은 베른이라고 하는데, 아마 여러 가지 별명으로 불릴 것이다. 제6돌격대의 넘버2로 깃발과 바주카를 들고 다니는 이미지가 대표적이지만, 지금은 다키마쿠라니까 아무것도 몸에 걸치지 않았습니다. 완전히 무방비하다는 거죠.

즉, 정리하면 다른 반 학생인 야기우 씨가 베른의 다키마쿠라를 들고서 들어왔다는 소리다.

"와앗, 정말로 가지고 왔구나~☆"

오타히메가 가볍게 춤추는 듯한 움직임으로 뛰어갔다. 아침부터 힘이 넘치네.

"이렇게 에로한 베른짜응을 학교에서 보란 듯이 들고 다니다니, 반사회적이지 않소?"

"마, 반사도는 오타쿠의 소양 아이가!"

"음음, 백리 있구려~☆"

아무튼 둘 다 목소리가 크다.

가뜩이나 눈에 띄는 걸 들고 나타난 데다 목소리도 어지간히 큰 탓에 주목을 안 하기가 더 힘들다.

그리고 저쪽 오타쿠 남녀를 바라보는 이쪽 리얼충 남녀의 반응은,

"우와, 장난 아니네."

"재밌다."

뭐라고 할까, 평범했다.

'기분 나빠'라든가 '뒈졌으면'이라든가 '꺼져'와 같은, 오타쿠의 인격을 부정하는 말은 전혀 나오지 않았다. 시즈오카의 리얼충들과 달리 도쿄의 리얼충은 오타쿠를 깔아보지 않는다는 것이다.

"오타쿠라랑 같이 있는 애는 누구지? 우리 반 아니지?"

"같은 부원 아닐까? 학생회 선거 때 본 것 같은데."

"으음-, 아, 기억난다. 뒤에서 춤추던 사람인가."

"재밌네, 왜 저러는지 정말 모르겠어."

키노모토나 예이 양도 이미 오타히메의 존재는 인식하고 있다.

당연하다. 그야 유명인이니까.

오타히메는 춤추고 노래하는 현역 여고생 코스플레이어로 동영상 사이트나 아키하바라 일부 지역에서 열광적인 팬을 보유하고 있지만, 그 이야기는 일단 넘어가자. 그것과는 별개로 츠쿠모 학원 내부에서도 상당히 유명하기 때문이다.

계기는 작년 11월에 벌어진 학생회 선거.

1학년이면서도 학생회장에 입후보한 오타히메는 선거 기간 내내 학교 교문 앞에서 노래하고 춤췄다. 딱 지금, 신입부원 권유 기간과 마찬가지로.

전교생이 모이는 연설회에서도.

[소신표명이라고는 하지만, 으음, 꿈을 말하는 건 서투르니까 꿈을 노래하겠습니다!]

[?!]

[그럼 들어 주세요. 뮤직, 스타~트☆]

[?!?!?!]

느닷없이 강당에 울려퍼지는 오리지널송(전파곡 스타일).

그건 충격이었다.

다행히 나는 객석에서 보기만 하는 포지션이었지만, 만약 OTA단을 퇴부하지 않았더라면 마찬가지로 의미불명의 춤을 추고 있었을지도 모른다. 야기우 씨를 필두로 한 다른 1학년 남학생들처럼.

청중에게 압도적인 임팩트를 준 그 퍼포먼스 덕에 오타히메는 엄청난 차이로 당선되었다. 진지하게 임했던 다른 후보들이 불쌍하게 느껴진다. 시즈오카의 오타쿠와 달리 도쿄의 오타쿠는 자신이 오타쿠라는 사실을 전면에 내세워 활용하는 것이다.

"마, 그러고 보니 나나코 씨도 4반이었나."

갑자기 야기우 씨가 이나고 양의 이름을 불렀다.

소리치듯 큰 소리로 이름을 불린 이나고 양은, 순간 움찔 하고 몸을 떨더니 천천히 고개를 돌렸다.

"야, 야기우 씨, 아, 안녕."

"마, 잘 부탁한데이~!"

"그, 다키마쿠라는, 어째서?"

"이거? 이건, 카나메 씨가 부실에 장식하고 싶다고 해서 가지고 왔데이."

"그, 그렇구나…."

"야기우 씨는 반코네 광팬이니까, 무조건 가지고 있을 거라고 생각했거든~☆"

"어? 아, 그, 그렇구나. 야기우 씨는, 광팬이니까."

"마, 그런 거다 아이가."

"돌격대를 아이스크림으로 꼬셔서 빠바박~☆"

"마, 안 된다 아이가, YES로리타 NO터치!"

전라에 가까운 어린 소녀를 껴안은 채로 화기애애하게 떠들어대는 오타쿠 분들.

나는 멀찍이 떨어진 장소에서 그 모습을 방관하면서 한참 전에 발견한 사실을, 그리고 좀 전에 다시금 지적당한 사실을 다시 한번 마음속으로 확인했다.

나는 오타쿠가 아니다.

저 집단은 내가 있을 곳이 아니다.

이 반에 내가 있을 곳이 있다면, 그곳은,

"아라카와, 저쪽 너무 보네."

"…아, 미안."

"그렇게 전 여친이 신경 쓰여?"

"뭐?"

"엥?"

내 목소리와 키노모토의 목소리가 겹쳐졌다.

"뭐? 어어? 메구, 지금 뭐야? 무슨 소리야?"

"글쎄-? 나도 자세한 건 잘 모르거든."

"자, 잠깐만! 오해, 오해야! 아니, 그 이전에 단순한 거짓말이라고!"

예이 양의 표정에서 1밀리도 진지함이 없는 100퍼센트 농담이라는 건 전달이 되었지만, 아니 땐 굴뚝에 연기가 났으니 키노모토에게는 해명하지 않으면 안 된다.

농담의 종류. 행동의 가벼움. 머리카락에 들이는 노력과 비용.

리얼충의 가치관에는 당황스러운 게 많다.

솔직히 말해, 아직도 좀처럼 편하지 않다.

…하지만, 상대적으로.

이 반에 내 보금자리가 있다면, 아마 이쪽 집단이라고 생각한다.

응.

그래.

틀림없어.

역시 나는 리얼충을 목표로 해야 해.

오타쿠쪽 사람들과는 이 이상 깊이 관여하지 않아야 한다.

❖   ❖   ❖

교실 내의 세력도를 알고 싶으면 점심시간에 누가 누구와 함께 있는지 살펴보는 것이 좋다.

리얼충은 리얼충끼리 그룹을 만든다.

오타쿠는 오타쿠끼리 그룹을 만든다.

각각의 속성을 단련한 양자간에 우열은 존재하지 않는다. 음식으로 비유하자면 찍먹과 부먹…, 그만두자. 이 이야기를 꺼냈다간 전쟁이 벌어질 테니까.

아무튼 양극 중 어느 하나에서 청춘을 구가하겠다고 마음을 먹었다면, 어느 한쪽 그룹에서 도시락을 먹는 게 필수조건에 가깝다. 어중간하게 불분명한 태도를 유지하다간 화장실 변기에 앉아 서럽게 칼로리 메이트*나 씹어먹는 신세가 된다. 참고로 나는 OTA단을 퇴부한 이후로…, … 그만두자. 이 이야기는 정말로 그만두자.

과거에 얽매이면 안 된다.

미래는 바꿀 수 있다.

바로 지금 이 순간.

나는 리얼충 남녀 집단에 자연스레 섞여 있으니까.

"아라카와, 정말 고생 많았구나-."

"그러게~, 정말 고생 많았어!"

키노모토가 한 말을 그대로 받아서 리슨&리피트.

이 방식으로 리얼충 특유의 말투를 학습함과 동시에 저도 모르게 오타쿠 특유의 말투가 나오는 비극을 막을 수 있다. 꽤 유효한 테크닉이다.

---

* 일본 오츠카 제약에서 판매하는 에너지 바 종류.

"와~, 정말 고생 많았지!"

"두 번이나 말할 정도냐−."

"아하하−."

대단하다, 나.

제대로 대화가 가능하잖아, 나.

리얼충 인간들과 함께 도시락을 먹고 있다는 사실만으로도 대단한데, 놀랍게도 대화의 중심이 나다. 믿기지 않는다. 멋지다. 찰랑찰랑 헤어를 희생한 보람이 있다. 다행이야. 정말로 다행이야.

"그런데 그 미용실 어디야?"

"…어?"

"파마를 그런 식으로 하는 건 너무하잖아."

"…그, 그러게, 너무하지."

"거긴 미리 거르고 싶으니까 이름 좀 알려줘."

갑자기 수직낙하, 절체절명의 핀치.

말할 필요도 없겠지만, 리얼충들이 다닐 만한 미용실 이름은 전혀 모른다.

"…내, 내 고향 근처에 있는 가게니까, 그렇게 걱정할 필요는 없을 거야."

"일단 말해 봐. 이름이?"

"아, 그… 뭐냐. 세련된, 프랑스어 같은 느낌이었는데, 으으음, 으음, 주뗌므? 대략 그런 느낌이었던가? 아하하하."

갑자기 나온 프랑스어가 주뗌므밖에 없었다고. 봉주르가 튀어나오지 않은 것만으로도 다행이라고 생각하자, 응, 아마도.

"흐음-."

어째서인지 키노모토가 스마트폰을 꺼냈다.

"미용실, 주뗌므."

[삐삐삣. 검색결과를 표시합니다.]

그마아아아아안!!!

검색은 하지 말아줘어어어어!!!

그게 그렇게 중요하냐! 내가 어디서 머리를 했는지! 사실은 안 했지만! 남이 머리를 어디서 했는지 왜 알고 싶어하는 거야! 그게 너한테 무슨 도움이 되는데! 아~, 진짜! 리얼충의 관심사라는 건 도무지 기준을 모르겠네!

이제 어쩐다?

상황은 오늘 아침보다도 악화되었다. 거짓말을 해서 그렇다. 거짓말을 하면 그 거짓말을 숨기기 위해 더 정교한 거짓말이 필요해진다. 그런 기예가 가능한 인물인 예이양은 하필 자리에 없다. 어디로 갔지?

내가 사형 판결을 기다리는 심정으로 가만히 있자니,

"그러고 보니까-."

의외의 장소에서 구원이 빛이 비쳤다.

"우리 오빠가 미용전문학교에 다니는데, 대박 실수한 적 있다고 하더라."

"어, 진짜?"

"뭐였지, 앞머리를 커트하다가 실수로 일자로 잘라 버렸대."

"우와, 쩌네."

"그 얘기 듣고, 이 인간 괜찮은 건가— 라고 생각했거든."

"에이, 그런 말도 있잖아? 인간은 실패를 통해서 성장한다—."

"이열—, 의미심장! 명언인데—, 키놋치★"

의미심장? 이, 이게 어딜 봐서?

아니, 의미가 깊고 안 깊고는 중요하지 않다.

화제가 변했다. 수렁에서 빠져나왔다.

예이 양과 달리 딱히 나를 구제해줄 마음은 없었겠지만, 진심으로 감사드립니다.

"마키마키네 오빠도 그런 과정을 통해서 훌륭한 미용사가 되는 거라고."

"아주 선생님 나셨네—, 웃긴다—."

결과적으로 내 은인이 된 이쪽 리얼충 여자분.

어제 키노모토와 듀엣곡을 부른 사람이다.

학급명부를 훑어보니 이름은 마키노 마키나라고 되어 있었다. 그래서 마키마키. 머리카락이 데마키처럼 돌돌 말려 있는 건 우연일까 아니면 노린 걸까, 나로서는 판단할 수 없다.

그 후에 마키마키와 키노모토를 비롯한 모두가.

"그런데 미용학교에서는 실제로 뭘 배우는 거지? 영 모르겠더라."

"나도 오빠한테 들은 이야기 말고는 모르겠어."

마키마키의 오빠에 대해서 한참을 이야기하거나,

"나도 형이 있었으면 좋겠다-."

"키놋치는 여동생밖에 없으니까-."

각 가정의 형제자매 사정에 대해서 한참을 이야기하거나,

"누나가 있는 남자는 여심을 아니까 인기가 있다고들 하잖아."

"아-, 그 얘기 들어본 적 있어."

결국에는 연애 이야기에 도달해 잡담을 늘어놓거나,

…거기서, 문득 깨달았다.

나, 어느새 화제의 중심이 아니게 돼 버렸잖아?

머리카락을 희생시켜가면서까지 손에 넣은 나의 시대가 설마 5분 만에 끝날 줄이야, 세상에 이렇게 슬픈 일이 또 있을까. 반짝 히트로 사라진 예능인의 기분을 지금 조금이나마 이해할 수 있었다.

"그런데 메구는? 왜 이렇게 늦지?"

"뭐라더라, 부모님한테서 전화가 왔다는 모양이었어-."

"어? 아, 그렇구나. 부모님….'"

…응? 언제나 긴장감이 없던 키노모토의 표정이 왠지 살짝 굳어진 것 같은데.

그리고 예이 양이 자리에 없는 이유를 들은 순간부터 마키마키나 다른 애들과의 대화도 어딘지 건성이라고 할까, 마음이 여기에 없어 보인다고 할까.

"난 슬슬 일어날게."

키노모토는 결국 그러다가 도시락통을 정리하기 시작했다.

"어? 너무 이르지 않아? 점심시간 아직 20분 정도 남았는데?"

"아-, 음, 그게, 배가 조금 아파서 화장실 가려고."

아~, 저기, 키노모토?

이건 나조차 핑계 같다고 알아차릴 수 있는 레벨이거든?

"그럼 난 먼저."

"아, 응. 고생하셔."

"아, 응. 고생하셔."

재빨리 교실 밖으로 나가는 키노모토와 그 뒷모습을 가만히 바라보는 마키마키.

이 둘 사이에는 분명히 같은 반 같은 그룹이라는 선을

넘은 모종의 감정이 움직이고 있다.

…아니, 모처럼이니 확실하게 말해도 될까?

애네 지금 러브코미디 순정만화 출연 중인 거 맞지?

리얼충과 리얼충과 리얼충의 삼각관계 맞지?

"나도, 그만, 갈게."

살짝 언짢은 듯한 마키마키의 말투는 어떻게 생각해도 키노모토의 태도 때문일 것이다. 와, 이거 뭐야, 무지하게 알기 쉬운 구도네.

"자, 잠깐, 잠깐만, 마키마키!"

"미안, 우리도 갈게."

허둥지둥 뒤를 쫓아가는 리얼충 여자분들.

아아, 알겠다. 이 이후의 전개는 키노모토 사이드에서 예이 양과의 관계가 깊어지고, 한편으로는 마키마키 사이드에서도 이런저런 일들이 생겨서 이야기가 점점 고조된다는 말씀이군요. 이 러브코미디, 제가 출연하는 장면 아직 남아 있나요? 없겠죠? 여기서만 등장하는 남학생A 정도의 포지션이죠?

"다들 가 버렸네."

"키놋치도 마키마키도, 청춘이네 청춘이야."

오오, 아니었어. 이 장면, 대사까지 있는 리얼충 남자님들이 둘이나 계시니까 나는 대우가 아무리 좋아도 남학생 C가 한계구나~! 심지어 애니화되고 나면 러닝타임과 예산 문제로 존재를 말소당할 가능성까지~.

"그럼 해산하자."

"예—이."

결국 이 둘도 각자가 소속된 농구부와 배구부 부실로 가 버리고,

방금 전까지 여러 명의 리얼충 남녀가 점거하고 있던 공간은 나를 중심으로 반경 3미터 정도 아무도 남지 않았다.

"…으음."

도시락통을 정리하면서, 나는 미간에 주름을 잡았다.

과연 내가 리얼충들에게 적응할 수 있을지, 이 집단을 내 보금자리로 불러야 할지 조금…, 아니, 상당히 자신이 없어졌다.

❖　❖　❖

이제는 딱히 교실에 있을 이유도 없기에 일단 복도로 나와 봤더니,

"아라카와네."

예이 양과 조우했다.

예이 양은 단독행동을 하고 있었다.

"어라, 키노모토랑 같이 있는 거 아니었어?"

"키놋치? 못 봤는데?"

"…길이 엇갈렸나."

"나를 찾고 있었어?"

"아, 음, 아까."

도중까지 말하려다가 떠올렸다.

어차피 키노모토는 예이 양한테 간다고 선언하지는 않았다.

"…화장실 간다고 말했거든."

"어? 무슨 뜻이야?"

"미안, 아무것도 아니니까 잊어 줘."

실언이었다.

이런 중요할지도 모르는 정보를 남학생C가 전달하면 안되잖아. 순정만화의 스토리를 진행하는 사건에는 좀 더 로맨틱한 뭔가가 필요할 테니까.

"음-, 알았어. 잘 모르겠지만."

"…그거면 돼. 고마워."

"그보다-. 잠깐 상담이라고 할까, 하소연해도 돼?"

"괜찮긴 한데, 왜?"

"차였어."

"뭐?"

"차여 버렸어."

아~, 잠깐, 잠깐만 기다려 주실래요.

전개가 너무 빨라서 머리가 못 쫓아가고 있거든요.

태평하게 로맨틱이 어쩌고저쩌고 하는 소리나 늘어놓을 때가 아니었어.

아아, 진짜 뭐야, 대체 무슨 일이 있었기에?

"그런 식으로 거부당할 줄은 몰랐어-. 나 조금 상처받았어-."

평소의 졸려 보이는 눈은 눈물이 흐르지도 않고 붉게 충혈되지도 않았다. 그야말로 담담하다는 인상의 표정이었다. 도저히 실연 직후라고는 생각하기 힘들다. 사귀었다! 헤어졌다! 를 반복하다 보니 익숙해진 걸까. 리얼충은 무섭다.

"…그렇게 거부당할 줄은 몰랐구나~."

일단 리얼충 대책으로 범용성이 높은 앵무새 전법을 써보자.

"그야 몰랐지-. 그치만, 이 이상 상관하지 마, 같은 소리를 들었으니까."

"…이 이상 상관하지 마, 같은 소리를 들었구나~."

으음~.

앵무새처럼 따라하고 있자니, 이건 상당히 귀에 익은 문구인데?

학원 이능배틀의 히로인이 1화에서 말할 것 같은 대사잖아?

"그런 말을 들어도 의미를 알 수가 없잖아. 왜? 라고 물어보니까 내가 오타쿠가 아니니까 안 된대. 그건 나나코한테 상당히 중요한 포인트인지, 완전히 선을 그어 놨더라고. 아아-, 너무 슬퍼-."

"…나나코."

이나고 양의 본명은 니노마에 나나코.

드디어 이야기의 흐름이 보였다.

[월요일에 니노마에랑 얘기라도 해볼까.]

금요일의 선언을 정말로 실행해 옮겼구나. 어느새 호칭도 이름으로 변했고. 무시무시하다, 리얼충.

"…점심시간에 부모님이랑 통화했던 거 아니었어?"

"응? 했는데? 5분 정도."

"그다지 중요한 이야기는…, 아니었던 거야?"

"으음-, 오늘 집에 일찍 들어가면 택배 받으라는 거였어."

"…그렇구나."

키노모토는 아마 좀 엉뚱한 방향으로 착각했나 보네. 신경 쓰지 말자.

"아무튼 교실이 시끄러워서 밖으로 나갔는데, 통화를 끝내고 보니까 나나코가 혼자 걷고 있더라. 그래서 '안녕-'하고 말을 걸어 봤는데-."

"반응은?"

"흠칫! 이라는 느낌."

"아, 응, 상상이 가네."

"이유는 모르겠지만 너무 무서워하던데. 내가 그렇게 무서워?"

"그, 글쎄. 그렇지는 않다고 보는데."

이나고 양의 성격이라면, 조용한 장소에서 예이 양이 갑자기 인사하는 건 뒷골목에서 날라리가 불러 세우는 것과 다름없는 느낌이겠지.

이건 누구의 잘못도 아니다. 상성이라고 할까, 운이 나빴을 뿐이다.

"그래서, 어떤 대화를 했어?"

"어, 그냥 평범했는데?"

"…조금만 더 자세하게."

리얼충이 말하는 '평범'이 뭔지 아직 파악하지 못했거든, 나는.

"금요일에 나도 공원에 있었는데, 알고 있었어? 라고 말했더니 어째서인지 더 무서워하더라. 내가 돈이라도 내놓으라고 말할 줄 알았나 봐. 그래서 아니야-, 그런 게 아니야, 같은 반이니까 사이좋게 지내자-, 라고."

"…그렇게 말하니까 그때부터 안 무서워했어?"

"그다지 변하지 않더라."

그렇겠지.

그 상황에서 '사이좋게 지내자'라고 말한다면 나라도 공포밖에 느끼지 못할 거다.

"그래도 대화를 해보려고 노력했는데, 거의 첫 대화라서 그런지 어째 계속 공원 이야기로 흘러가서, 아마 내가 지뢰를 밟아 버렸나 봐. 그리고 결과적으로 나온 말이, 오타쿠가 아니니까 상관하지 말라는 거였어."

예이 양은 슬픈 표정으로 어깨를 축 늘어뜨렸다.

"어떻게 하는 게 좋았을까? 완전히 거부당했어. 우울해."

"…으음, 저기, 그다지, 신경 안 써도, 괜찮지 않을까?"

"어째서?"

"…나도 오늘 아침에, 비슷한 소리를 들었으니까."

"어라, 거짓말이지?"

놀란 듯이, 언제나 졸려 보이는 눈동자를 조금 크게 뜨고 예이 양이 나에게 물었다.

"그치만, 아라카와는, 오타쿠잖아."

"크흡!"

무시무시한 각도에서 기습이 들어왔다.

"어, 아니었어? 그치만 나나코 양이랑 같은 애니메이션 연구부? 그런 데에 있었다면서?"

"OTA단 말씀이라면 확실히 재적했다는 사실은 있습니

다만, 3개월 남짓한 기간에 불과했으며 작년 여름방학 이전에 이미 퇴부한 상태였습니다아….”

　“아, 응. 그 이야기, 나나코한테서도 들었어.”

　들으셨군요. 네, 그러시군요.

　아니, 어차피 언젠가 드러날 문제였지만. 그래도 그쪽 루트로 발각될 바에야 처음부터 털어놓는 편이 좋았을지도 모른다.

　“…그 퇴부 이유가 말입니다, 뭐라고 할까, 제가 오타쿠가 아니라는 사실을 자각해 버렸기 때문…이라는 것이지요.”

　“그럼 애니메이션 같은 거 전혀 안 봐?”

　“…그건.”

　‘누구누구 개X끼 해봐, 개X끼!’나 다름없는 질문이다.

　분명 악의는 전혀 없을 것이나. 이 YES or NO의 양자택일이 가진 무게를 제발 깨달아 줘, 상상해 줘, 라는 요구 자체가 아마 무리일 것이다.

　아니, 물론 난 오타쿠가 아니지만.

　그러면서 리얼충도 아닐 가능성이 높기는 하지만.

　그러니까 그런 질문을 듣는다면,

　“…안 본다면, 거짓말이 되겠지요.”

　이렇게 대답할 수밖에 없다.

　석 달마다 어떤 애니가 패권을 차지하는지 체크하는 짓까지는 그만두었지만, 그래도 반코네에 나오는 제6돌격대의 베른이라는 단어를 듣는다면 곧바로 머릿속에서 비주얼과 대사를 재생할 수 있을 정도의 지식은 있으니까.

"그러면 오타쿠 아냐?"

"아니, 그건 어떻게 정의하느냐에 따라 다른…."

"일단 나보다는 오타쿠잖아? 난 애니메이션 같은 건 정말로 안 보거든? 디X니 영화는 보지만, 그건 포함 안 되는 거 맞지?"

"어, 음, 잘 아시는군요."

"그러니까 아라카와가 좀 알려주면 좋겠어."

"뭘?"

"오타쿠가 되려면 어떻게 해야 해?"

"뭐?"

"여기까지 알아두면 오타쿠! 라는 애니메이션 있어? 그걸로 나나코랑 사이좋게 지낼 수 있다면 난 열심히 볼 자신 있는데."

"…저기, 오타쿠란 건 말이지."

그런 생물이 아니야.

어설픈 지식으로 접근하려 하지 마.

라고 말하려다가 그만두었다.

그런 생물일지도 모른다.

지금 이 시대의 도쿄에서 OTA단 같은 집단에 소속되어 있는 오타쿠는.

적어도 오타쿠가 되지 못한 나는 어떻게 해야 오타쿠가 되는 기준을 말할 수 있는 입장이 아니다.

하지만 예이 양의 입장에서 나는 오타쿠고 어디까지가 오타쿠인지 기준을 말할 수 있는 사람이니까, 헛소리 주절대지 말고 빨리 설명이나 해라, 이 얼간아, 라는 게 된다.

오타쿠란 뭘까? (철학)

"아라카와?"

"…아, 아니, 으음."

사고가 제대로 정리되지 않는다. 이런 때에는 논점을 흐리는 게 제일이지.

"음, 그런데 그렇게까지 해서 친해지려는 이유가 뭐야?"

"그야, 그냥 싫잖아. 이제부터 1년 동안 같은 반인데?"

"내버려두면 되잖아. 딱히 친구가 없는 것도 아닌데."

"그런 문제는 아니지 않아? 같은 반에 나를 싫어하는 사람이 있다는 사실을, 나는 그다지 좋아하지 않아."

"뭐, 아니, 그럴지도 모르지만."

"내가 오히려 궁금한데. 아라카와는 어떻게 그걸 그냥 내버려 둘 수가 있어?"

예이 양의 목소리에 힘이 들어갔다.

"공원에서 나나코의 얼굴 보지 않았어? 나보다 훨씬 가까운 곳에서. 아무것도 못 느꼈어? 무슨 일이 있었던 걸까, 라고 생각하지 않았어?"

"…생각했어."

무슨 일이 있었는지 신경은 쓰였다.

그래서 오늘 아침에 직접 물어봤다.

그 결과가 바로 그거였다니까.

"하지만 너랑은 상관없어, 라는 말을 들으면 물러날 수밖에 없잖아."

"그런 말을 들었어?"

"응, 들었어."

"그래서 물러났어?"

"그 이상 뭘 어떻게 묻겠어."

"겁쟁이."

예이 양이 불만스럽게 중얼거렸다.

"아마 네 머릿속에서는 나나코가 도망다니는 걸로 되어 있겠지만, 반대라고 생각하거든? 아라카와, 도망치고 있는 건 네 쪽이잖아?"

"…도망치고 있다니."

너무하네.

어째서 내가 도망쳤다는 게 되는데.

어쩔 수 없잖아. 이유는 모르겠지만 이나고 양은 오타쿠가 아닌 나한테는 아무것도 말해 줄 수 없다는 태도를 무를 생각이 없어 보이고, 나는 실제로도 오타쿠가 아닌데…,

'일단 나보다는 오타쿠잖아?'

"…뭐, 확실히."

예이 양이 보기엔, 나는 오타쿠다.

예이 양이 보기엔, 나는 오타쿠라는 사실에서 도망치고 있는 거야.

도망치다가 찾은 길이 바로 리얼충이 된다는 목표.

찰랑찰랑 헤어를 희생시키는 것으로 목표에 가까워졌다는 기분이 들었지만, 그 효과는 단발성 유행어에 집착하는 개그맨처럼 허무했다.

현재 진척 상황은, 리얼충의 산꼭대기를 목표로 3보 전진 후 2보 후퇴했는데, 이제 곧 바닥이 움직여 추가로 1보 후퇴한다는 걸 미리 알고 있다는 느낌이다. 이제까지 나아간 발걸음의 무게에 이끌려 원래대로 돌아갈 수 없는 단계까지는, 멀어도 한참 멀었다.

아니, 그 이전의 문제를 하나 짚어보면.

이런 식으로 복잡하고 쓸데없는 고민이나 하는 시점에 이미 리얼충과 거리가 멀다.

리얼충은 3차원 세계를 지나칠 정도로 심플하게 해석한다. 심야 애니를 보면 오타쿠고, 같은 취미를 갖고 있다면 친하게 지낼 수 있을 것이고, 설령 네가 상처받아 무너질 것 같으면 기댈 수 있도록 내가 꼭 곁에서 어깨를 빌려준다는 식이다.

"…알았어."

됐어, 됐다고.

그냥 당당하게 행동하자.

"다시 한 번 이야기 들어 볼게."

"응. 그러는 편이 좋을 거야."

예이 양은 한심한 겁쟁이 자식에게 가졌던 불만이 해소된 듯이 입가에서 힘을 뺐다.

여자에게서 도망치지 않고 마주서는 남자가 진짜 강한 거라고! 정도의 심플한 리얼충적 가치관에 의한 평가일까.

그렇다면 죄송합니다.

전 그런 사람은 아니거든요.

"그러니까, 조금, 협력해 주면 좋겠는데."

리얼충적 가치관으로는 오히려 평가가 바닥까지 떨어질 것 같은 작전밖에, 떠오르지가 않네요.

✦　✦　✦

츠쿠모 학원 건물은 지상 4층에 지하 2층이다. 시즈오카와 달리 도쿄는 땅값이 비싸니까 이런 학교 건물도 흔하다고 한다. 수십 년이나 전에 건축되었기에, 당시에 비하면 학생 수가 줄어들어 이제는 쓰지 않는 빈 교실도 있다.

그러다 보면 사람이 잘 다니지 않는 장소도 생겨나기 마련인데.

이 계단은 그런 장소 중 하나다.

오늘 아침에도 거의 인기척을 느끼지 못했는데 방과 후에도 마찬가지다. 아까와 달리 동향으로 난 창에서 햇빛이 들어오지 않는 만큼 지금은 어둠의 오라라고 할까, 귀신이 나올 듯한 분위기마저 감돈다.

"이, 이걸로, 요, 용서해, 주세…."

이나고 양은 천 엔짜리 지폐 세 장을 꺼냈다.

"…어, 이건 무슨 의미야?"

"지, 지금, 그다지, 가진 돈이, 없어서, 이게, 한계….."

목소리가 떨리고 있다.

손도 떨리고 있다.

추측하건대, 이나고 양은 분명 터무니없는 오해를 하고 있다.

"나 역시 날라리처럼 보이는 걸까?"

"걱정할 필요 없어. 오타쿠 특유의 피해망상이니까."

조금 슬픈 표정의 예이 양을 타이르면서, 완전히 겁에 질린 이나고 양도 안심시키려 했지만.

"일단 진정해. 우리는 돈 내놓으라는 소리는 한마디도 안 했잖아?"

"어? 아, 네, 넵! 말 안 했죠! 이, 이건, 제가, 멋대로, 줘야 한다고, 하고 있을, 뿐이고, 협박, 당한, 건, 아, 아니, 으, 으으, 으으으."

역효과였다.

확실히 오해당해도 어쩔 수 없는 상황이라는 생각도 든다.

조금 쌀쌀한 방과 후. 인적 없는 계단. 기다리는 건 자신 때문에 머리카락을 홀라당 태워 먹은 비오타쿠 남자와, 점심시간에도 집적거리던 리얼충 여자.

응, 그러네.

이나고 양의 시점이라면 정말로 무섭겠네.

조금 더 배려해야 했는데.

"…일단, 그건 지갑에 넣어 둬."

땅이 꺼져라 한숨을 내쉬고 뽀글뽀글 머리를 긁적이면서,

"오늘 아침에 하던 이야기를 마저 하고 싶었을 뿐이야."

원래 하려던 이야기를 시작한다.

"오, 오늘 아침에, 하던, 이야기, 라니."

"반코네를 불태운 이유, 뭔가 있을 거 아냐? 그걸 알고 싶어. 알려줘."

이나고 양의 떨림이 멎었다.

그 표정은 공포에서 곤혹스러움으로 바뀌었다.

"…어째서, 료타 씨가, 그런 걸, 알고 싶어 하는 거야?"

"아, 그야, 이제부터 1년 동안, 같은 반이잖아."

예이 양이 잠시 가만히 있다가 쿡 하고 웃었다.

네, 그렇습니다.

귀하의 발언을 그대로 갖다 베꼈습죠.

"나한테는 이유를 들을 권리가 있을 거야. 그 현장을 목격하기도 했고, 학급도 같은 2학년 4반이고, 그리고 무엇보다."

하지만 여기서부턴 내 오리지널 이론이다.

"난 오타쿠니까."

"…료타 씨가?"

당연히 이나고 양의 반응은 탐탁찮았다.

"이 자식 대체 뭔 소리야? 라는 얼굴이네."

"…아, 그치만, 료타 씨는."

"오타쿠가 아니라고 말했지. 그건 거짓말이 아니야. 하지만 그 말이 내가 지금 이 공간에서 오타쿠라는 사실과 모순되지는 않아."

"…예습, 이라든가, 해서 왔어?"

"아니야. 좀 더 상대적인 문제라고."

"…상대적."

여기서 나는.

"이 리얼충의 오라가 보이지 않느냐!"

느닷없이 예이 양을 지명했다.

"여기 계시는 이 분을 누구라고 생각하는 게냐! 그 이름도 유명한 리얼충 여자 쇼군, 카미이 메구 님이시다!"

"어?"

"엥?"

이나고 양도 예이 양도, 둘이서 나란히 고개를 갸웃거리고 있지만 신경 쓰지 않고 속행.

"오타쿠의 반대말은 리얼충이지. 양자의 관계는 어디까지나 상대적인 거다. OTA단이 신입생에게 입부를 권유하는 공간이라면 나는 오타쿠가 아니야. 둘만 있는 공간에서도 너는 절대적인 오타쿠니까 나는 상대적으로 오타쿠가 아니었고 말야. 하지만 지금은 어때? 바로 옆에 절대적인 리얼충이 있잖아? 우주의 법칙이 흐트러졌어. 리얼충과 오타쿠의 경계선이 변동되었지. 그렇다면 이 공간에서 나는 과연 오타쿠인가? 오타쿠가 아닌가? 어느 쪽이라고 생각해?"

나도 안다.

이건 궤변이다.

하지만 이렇게까지 강하게 밀어붙이지 않으면 이나고 양은 아무것도 말해 주지 않을 것이다. 오늘 아침과 같은 전개가 반복되고, 예이 양에게 앞으로도 겁쟁이라는 소리를 들을 것이다.

그래서 나는 새로운 이론을 만들었다.

리얼충과 오타쿠의 상대성 이론이다.

반론은 인정하지 않는다.

"…후훗."

이나고 양의 표정이 부드러워졌다.

"료타 씨가, 그렇게까지 말한다면, 료타 씨는, 오타쿠가 맞아."

"오오. 이해해 주는구나."

"으음, 무슨 소리를 하는 건지는 전혀 이해가 안 되지만."

뭐, 그렇겠지.

어떤 의미로는 원조 E=mc2보다 더 이해할 수 없는 소리니까.

"…모두한테는, 말하지 말아, 줄래?"

"물론이야. 말할 필요가 전혀 없어."

"…료타 씨도, 그렇지만, 그, 으음."

망설이는 눈빛으로, 예이 양의 존재가 마음에 걸린다는 무언의 신호를 보내 왔다.

"이쪽은 나보다도 OTA단과 접점이 적으니까 안심해도 될 거야."

"…저, 정말?"

"분명 괜찮아. 내 주관적인 판단이지만, 예… …카미이는 나쁜 리얼충이 아니야. 좋은 리얼충이야."

"…카미이는, 좋은, 리얼충…."

작은 목소리로 이나고 양을 설득했다.

혼자만 대화에서 밀려난 예이 양은, 졸린 눈빛으로 살짝 불만스럽다는 듯이 뭔가를 호소했다.

"미묘하게 납득 못 하겠어."

예이 양이 작게 항의했다.

우리는 계단에서 이동해, 이나고 양을 선두로 지하 2층 복도를 걷고 있었다.

"내가 함께 있으면 나나코랑 대화할 수 있다고 말했잖아, 아라카와."

"…하지만, 실제로, 그렇게 되었다고 생각합니다만."

"뭐랄까, 생각한 거랑 달랐다고 할까."

"…그렇긴 하지~."

스위츠 걸은 기분이 꿀꿀해.

뭐, 리얼충 여자 쇼군입네 뭐네 하는 수수께끼의 호칭이 제멋대로 붙고 이해도 안 가는 수수께끼의 이론에 저울질 당하는 신세가 되었으니 불평하고픈 마음도 무리가 아니다. 조금 도가 지나쳤다.

"으음, 그래도 각자 갔을 땐 실패했어도 둘이서 가니까 어느 정도는 마음을 열어 주었잖아? 결과적으로 다 잘 됐으니 이번엔 이해해 줘."

"으음―."

예이 양은 잠시 신음한 후에,

"뭐, 괜찮기는 하지만."

그다지 괜찮아 보이지 않는 대답만 남기고 입을 다물어 버렸다.

어색해진 분위기에서 벗어나듯, 나는 이나고 양한테 말을 걸었다.

"그, 그런데 우리 어디로 가고 있는 거야?"

"…이 복도, 제일 안쪽."

"지하 2층의 제일 안쪽? 뭐가 있었더라?"

"…미술부, 부실."

이나고 양은 돌아보지도 않고 대답했다.

계단에 서서 이야기하기보다는 장소를 바꾸는 편이 좋겠다고 제안한 사람은 이나고 양이었다. 그리고 그녀가 데리고 온 곳이 바로 미술부 부실이었다는 것이다.

"혹시… 미술부원이었어?"

"…응."

"아아, 그랬구나. 몰랐어."

확실히 그림을 그렇게 잘 그리니까 OTA단이랑 미술부를 겸해도 이상할 건 없다. 오히려 당연하다는 생각마저 들 정도다.

"하지만 부실에는 다른 사람들 있지 않아?"

"괜찮아. 부원은, 나 혼자니까."

"…뭐?"

"원래, 전혀, 활동을, 안 했기는, 한데. 3학년…, 아, 작년 3학년이, 여름방학 때, 은퇴해 버려서. 그래서, 내내, 혼자야."

"…그 정도면 부가 존속할 수 없지 않아?"

"괜찮아. 교칙에는 한 명이라도 부원이 있으면 된다, 라고 되어 있거든. 그리고, 학생회장인 카나메 씨한테도, 부탁해서, 허락을 받았어."

갑자기 오타히메의 이름이 튀어나왔다.

뭘 허락받았다는 건지, 알 듯하면서도 모르겠다.

"원래, 나도, OTA단이 메인이니까, 미술부에선, 그다지 활동하지 않았거든."

"…그러게. 전혀 그런 인상도 없었고."

"료타 씨가 있던 시절에는, 특히 그랬어. OTA단 부실에서 OTA단 사람들 모두와, 아이돌 파이브 이야기를 하는게, 정말정말 즐거웠으니까."

"…그러게, 즐거웠지."

제일 안쪽 문까지 도착했다.

이나고 양은 교복 주머니에서 열쇠를 꺼냈다.

작은 간판에는 준비실이라고만 쓰여 있고 부원 모집 포스터는 붙어 있지 않았다. 그 이전에 어디에도 '여기에 미술부 부실이 있습니다'라는 표시가 없었다. 복도 쪽에는 창문도 없고, 게다가 문은 잠겨 있으니까, 뭐라고 할까, 비밀기지 같다.

"하지만, 아이돌 파이브는, 완전히, 끝나 버렸잖아?"

"…그, 사건 때문에?"

남친 발각 소동에서 비롯된 해시태그 #원반 누가 더 잘 태우나 선수권.

이나고 양과 나 사이에는 곧바로 공유할 수 있는 화제다.

단, 예이 양은 당연히 알 도리가 없다. '그 사건'이라는 게 뭐야? 라고 질문하는 듯한 표정으로 고개를 갸웃거리고 있다.

보충설명을 할까? 라는 생각은 했지만.

이나고 양이 그럴 틈을 주지 않았다.

"그래서, 그 사건 이후로 OTA단 부실을 대청소했거든. 아이돌 파이트의 피규어나, 안는 베개 같은 걸, 전부 태워 버리자고, 말야."

"…그랬구나."

"하지만, 실제로는, 태우지 않았어."

"…뭐?"

"기말고사도 있었고, 여름 애니도 시작되고 여름 코믹도 준비해야 했거든. 이런저런 일들이 많아서, 이래저래 정신없이 지내다 보니, 어느새 타이밍을 놓쳤, 어."

몰랐다.

나는 기말고사 즈음에 퇴부 신청서를 냈고, 그 후로 OTA단이 어떤 활동을 하는지 거의 정보를 찾아보지 않았다. 어렴풋하게 기억하는 건 여름 코믹에 서클로 참가해서 아이돌 파이브 동인지를 낼 예정이었다는 것. 하지만 행사 직전에 이나고 양이 올린 선전 일러스트는 여름의 패권 캐릭터로 변해 있었다는 것. 대략 그 정도다.

대체 뭐냐고.

그 난리를 쳐놓고 결국 빅 웨이브에는 타지 않았다고?

"그러니까, 아이돌 파이브의 굿즈는, 전부, 평범하게, 버리기로 했어."

"…남겨둔다는, 선택지는, 없었어?"

"으음, 그, 오와콘이니까? 오타쿠의 적이나 다름없는 콘텐츠니까? 그런 걸, 쭉 장식해 두면, OTA단이, 오타쿠의 부활동이 아니게 된다, 고 할까."

조금씩 목소리가 들뜨기 시작했다.

마치 자신의 의견이 아니라 타인의 의견을 그대로 읊는 것처럼.

"난 오타쿠니까."

문에 열쇠를 꽂고 돌렸다.

"OTA단의 부원이니까."

철컥 소리가 들렸다.

"아이돌 파이브라니, 이젠, 무리야. 전부 버리고, 잊고, 다음으로 가는 수밖에 없는 거야."

그리고 천천히,

"…하지만, 료타 씨."

문이 열렸다.

"난, 좋아해. 정말로 좋아하고, 정말로 좋아해서…
정말 많이 좋아하는 거야."

그곳은 미술부 부실 따위가 아니었다.

아니, 분명히 미술부 부실이긴 하지만, 첫인상이 너무나 OTA단 부실과 똑같아서 나는 격렬한 기시감에 사로잡혔다.

벽을 가득 메운 포스터, 태피스트리, 안는 베개의 커버.

선반을 가득 메운 만화책, 소설, 원반매체, 피규어, 기타 등등.

확신한다.

여기에 있는 건 전부 아이돌 파이브 굿즈다.

그리고 대략 반 정도가 1년 전 봄에 OTA단 부실을 장식했던 물건이다.

공식뿐 아니라 동인제작 2차 창작품도 있지만, 다른 작품의 굿즈는 하나도 없다. 캐릭터 분포는 편중이 커서 미코미가 전체의 6할, 나머지 네 명이 1할씩 차지하는 느낌일까.

"…끝내준다."

초등학생 같은 감상이지만 용서해 주시길.

할 말을 잃을 정도로, 압도적인 사랑을 느꼈기 때문이다.

"그래서, 버리는 척을 하면서, 몰래 옮겨 왔어. 그러는 김에 우리 집에서도, 이것저것 가지고 왔거든. 정신차리고 보니, 이런 꼴이야. 에헤헤헤."

"…이건, OTA단 사람들은….”

"몰라. 그러니까, 비밀, 지켜줘야 해?"

"…그건, 딱히, 상관없지만.”

"부탁해도 되지?"

애원하듯 올려다보면서 이나고 양은 주먹을 꽉 쥐었다.

"아, 알았어, 누구한테도 말 안 할게.”

"에헤헤헤. 고마워."

긴장감이 마이너스로 떨어진 것처럼 완전히 풀어진 얼굴.

그러고 보면 작년 봄에는 자주 이런 표정을 보여줬는데.

"이런 걸 모두한테 들켰다간, 맹비난 확정이야.”

"맹비난? 어째서?"

"아닠ㅋㅋ 아이돌 파이브라니, 말도 안 돼ㅋㅋㅋ, 쓰레기잖아요ㅋㅋㅋ."

갑자기 말투가 변했다.

"…오와콘은, OTA단의 활동에, 아무런 역할도 갖지 못하니까.”

그리고 금세 원래대로 돌아왔다.

"이 방에서 한 걸음만 밖으로 나가면, 나는 오타쿠이고, OTA단의 일원이야. 그러니까 패권의 편에 서지 않으면 안 돼. 돌파이버는, 완전히 이교도 취급인걸. 그야말로 말도 안 되는, 일이지.”

"…잠복 크리스찬*이냐."

"응, 비슷할지도. 비밀의 방으로 숨어들어와서, 여기서 언제나, 우상숭배를 하고 있으니까."

"…우상(아이돌)이기는 하지."

"그야, 미코미는, 여신이잖아?"

이나고 양은 우상(피규어)을 두 손에 들어 형광등 불빛에 비추며 황홀한 표정으로 우러러보고 있었다.

"아이돌로서도 마법소녀로서도 부족한 면이 많지만, 누구보다도 강한 하트의 힘으로 꾸준히 노래하고 있어. 꾸준히 춤추고 있어. 모두를 꾸준히 지켜나가고 있어. 모성로리라는 용어가 생겨나기 전부터, 미코미는, 모성 로리라는 개념의 상징이었다고 생각. 가슴이 큰 캐릭터도 아닌데, 말이지? 이건 이미, 여신이야. 인간이 아니야."

엄청난 속도로 떠들어대고 있다.

아무래도 오타쿠 특유의 스위치가 켜진 모양이었다. 이런 상황에서는 상대의 주장을 부정하지 않고 적당히 맞장구를 치는 게 최적의 답이다.

"…뭐, 3차원 세상에는 없으니까."

"그렇지, 않아!"

으음~?

나, 틀린 말을 했던가?

---

* 일본 에도 시대에 박해와 금지령을 피해 음지로 숨어 들어간 기독교 신자들을 말한다.

"미코미는, 지금도, 여기에 있어."

벽에 붙은 미코미와 포스터와 대치하며 손을 맞대는 이나고 양.

"그 사건 때문에, 돌파이버의 수는 격감했고, 안의 사람도 심야 애니 일은 하지 않게 되었고, 제작위원회도 회사가 세 군데 정도 줄어들었지만, 그래도."

꽉 쥔 주먹을 가볍게 가슴에 대고, 결의에 넘치는 표정으로 이쪽을 돌아보는 이나고 양.

"미코미는 사라지지 않아. 내가, 계속해서 지킬 거야."

우와~.

2기 4화였던가? 작중 굴지의 명대사를 이 타이밍에 쓰다니.

아니, 그보다 아까부터 미묘하게 대화가 성립하지 않는다는 기분이 든다.

"그러니까, 여기서, 굿즈도 계속해서 모으고 있고, 그림도 계속해서 그리고 있어."

"…그리고 있어?"

"응, 1일 1미코미."

그렇게 말하면서 꺼낸 건 대량의 스케치북.

세어 보니 전부 13권. 표지에는 연/월이 기재되어 있는데 가장 낡은 건 작년 4월, 가장 최근 건 올해 4월이었다.

쭉 넘겨보니 미코미(교복), 미코미(사복), 미코미(마법

소녀), 미코미(R18), 아무튼 전부 미코미의 흑백 일러스트
였다.

"…설마, 지금도, 매일같이?"

"시험 직전 같은 날엔, 가끔 빼먹기도 하지만. 에헤헤헷."

"하지만…, 언제나, 다른 애니의 캐릭터를, 그리잖아."

"일러스트 투고 사이트에 올리는 거? 그건, 으음, 일…
이라고 할 정도까진, 아니지만."

"일?"

"앗, 그렇다고, 돈을 받는 건 아냐. 그저, OTA단의 일원
으로서, 랄까? 랭킹, 상위에 올라가면, 다들 기뻐해 주니
까."

데일리 랭킹 1위를 따내기만 하면 되는 간단한 일입니
다.

…그러면서 실제로 1위를 따내니까 대단하기는 하다.

"그래서, 이쪽은, 취미라고 할까, 사적인 활동이라고 할
까."

"정말로 그리고 싶은 건, 이쪽, 이라는 거?"

"음, 그, 그건."

이나고 양의 말문이 막혔다.

"어느 쪽, 이라고 콕 집어 말할 수는, 없지만. 응. 미코
미는 그리다 보면 즐거워서, 낙서를 그만둘 수가 없다고,

할까?"

곤란하게 만들려는 의도는 없었지만, 대답하기 힘든 급소를 찔러 버린 모양이었다.

하지만 분명히 그 대답은 진실일 것이다.

그 사랑은 간단히 그만둘 수 있는 게 아닐 테니.

"…일편단심이네."

"그야, 좋아하니까."

즉답이었다.

인식을 완전히 수정할 필요가 있겠다.

니노마에 나나코는 '이나고' 따위가 아니다.

"…나나코 씨."

이 이름으로 부르는 건 얼마 만일까.

"나는, 나나코 씨를 조금 존경해."

"어? 앗, 으, 응. 고마워. 에헤헤헤."

쑥스러운 듯이 '나나코 씨'가 웃는다.

그 웃음에 나는, 그리움을 느꼈다.

"료타 씨가, 싫어하지 않아서, 다행이야."

"아, 뭐, 지금도 계속하고 있다는 데엔 놀랐지만. 작년 봄에 내가 OTA단에 있었던 시절에는 매일 낙서를 보여줬으니까."

"응, 그랬지."

"그리고, 개인적으로는 아이돌 파이브가 끝났다는 느낌이 별로 없다고 할까….."

"무슨 뜻이야?"

"석 달마다 머릿속을 딱딱 바꿀 수 있을 만큼 영리하지 않아, 시골뜨기라 그런지."

진심이 자연스럽게 입에서 나왔다.

나나코 씨의 비밀도 알게 되었고, 딱히 숨겨야 하는 일도 아니니 상관없겠지.

"그걸 깨달은 게 작년 6월이나 7월이고, 여름방학 전에 OTA단도 그만두면서 오타쿠의 세계에서 거리를 두게 되었거든. 그래서 매주 꼬박꼬박 챙겨보고 누군가와 감상을 나누던 애니는 아이돌 파이브가 마지막이야."

"그, 그랬구나."

나나코 씨는 한순간 납득한 듯한 반응을 보인 후에,

"그런데, 료타 씨."

"응?"

"아까, 나는 오타쿠다! 라고 말했는데."

"그야, 아까는 같은 공간에 리얼충이….."

…어라?

나, 뭔가 잊지 않았나?

이 방에 들어온 후로 계속 둘이서만 대화했는데, 왠지

내 뒤에 사람이 한 명쯤 더 있었던 것 같다는 느낌?

"…앗."

나나코 씨도 이제야 알아차린 듯하다.

약 1명을 완전히 방치하고 떠들어대고 있었다는 걸.

끼기기기기기긱.

녹슨 양철 인형처럼, 어색하게 예이 양 쪽으로 고개를 돌렸다.

대화하는 멤버가 이렇게 셋인 이상 나는 통역에 준하는 역할을 할 의무가 있었는데, 그런 내가 직무를 잊고 저편의 언어로 한참을 떠들었다. 그러다가 옛날이야기까지 시작해 버렸다.

최악이잖아.

화를 내고 있을까.

황당한 표정을 짓고 있을까.

주뼛주뼛 예이 양의 표정을 엿보니,

"어, 뭐야? 갑자기 이쪽을 보고."

아무렇지 않았다.

언제나 그렇듯, 조금 졸려 보이기는 했지만.

"…앗, 아니, 그, 지금 대화하는 내용, 이해했어?"

"으음―, 하나도 모르겠던데."

"…역시나~."

"하지만 굳이 나를 신경 쓸 필요 없거든? 뭐랄까…, 레벨이 높다고 해야 하나, 어려운 이야기 같던데. 오히려 방해하면 내가 미안하니까."

예이 양은 정말로 천사다.

대체 뭘까. 이 커뮤니케이션 능력이나 분위기 파악 같은 차원을 초월한, 이건 대체….

"뭐랄까, 난 가볍게 감동하고 있었는데?"

"…가, 감동?"

"일단 나나코는 이…, 미코미? 라는 걸 정말로 좋아하는구나?"

"…아, 으음, 응, 좋아해."

"대단한 일이잖아. 아라카와랑 하던 대화는 어려워서 의미를 잘 모르겠지만, 왠지 그것만은 알 것 같아. 정말로 좋아한다는 걸."

그것만 알아주신다면 충분하다고 생각합니다. 아, 이건 진지하게 하는 소리다.

"게다가 이거, 우리한테만 알려준 거지? 기쁜 일이잖아?"

"…으음, 네, 저도 기쁩니다."

"그리고 우리한테만 알려줬다는 건."

예이 양이 나나코 씨한테 물어보았다.

"금요일에 공원에서 있었던 일이랑, 관계가 있다는 뜻

이지?"

앗.

그런가.

그런 거였어.

그게 아니라면 굳이 이동한 이유도 설명이 안 된다.

나나코 씨는 갑자기 표정이 어두워지더니, 끄덕, 하고 고개를 끄덕였다.

"…금요일은, 입학식이 있었으니까, OTA단도, 1학년 학생들한테, 전단지를 나눠주었는데."

어째서인지 나한테도 나눠줬지만.

"부실에 모여서, 준비하다 보니, 박스에서, 작년 의상이, 나왔거든."

"의상이라니?"

"신입생한테 전단지를 나눠줄 때, 코스프레 했잖아. 애니 캐릭터의."

적절한 타이밍에 예이 양한테 보충설명.

이거다. 이게 바로 나한테 맡겨진 임무였다.

"작년이라면, 아이돌 파이브겠네."

"응. 5인분이, 다 갖춰져 있었어. 대청소 때, 깜빡 잊고 안 버린 거겠지."

"으음, 설마, 그 의상."

"…모두 함께, 공원에 가서, 태워 버렸어."

입술을 꽉 깨무는.

그 동작에서, 후회의 감정이 배어 나왔다.

"재수 옴 붙었다느니, 저주의 아이템이라느니. 다들 그런 식으로 말하면서 버리자, 불태우자, 라고 말야. 아직 1학년이 밖으로 나오려면 시간도 좀 남았으니까."

"나나코 씨도, 함께… 갔어?"

"거절할 만한 이유가 없었으니까. 난, 오타쿠인걸."

오타쿠라는 단어의 정의를 점점 알 수 없게 되어간다.

정의 같은 건 이미 존재하지 않을지도 모르겠다.

문맥에 따라, 사용하는 사람에 따라 의미가 완전히 달라져 버린다면 그건 단순히 개개인이 자기합리화를 위해 써먹는 말장난일 뿐이지 않은가.

"…지키지 못했어."

나나코 씨의 눈에 눈물이 고였다.

"눈앞에서, 불태워지는 게, 너무, 쇼크였거, 든. 전단지를 나눠주는 때에도, 힘이, 잘 안 나, 서…."

눈물을 닦고 나니 이번에는 눈에 하이라이트가 사라졌다.

아아, 기억난다.

전단지를 나눠줄 때에도 나나코 씨는 이런 얼굴이었다.

그리고 그 날, 이런 얼굴이랑 마주친 나는, 무슨 이야기를 했더라?

'꼭 1년 전 봄 같네.'

'약속된 패권. 딱 아이돌 파이브 2기가 시작되는 타이밍에 선배들이 코스프레를 하고 있었잖아, …남자 다섯이서.'

어?

진짜로?

타이밍이 이렇게 최악일 수가?

우왓, 우와아앗.

난 아주 힘차게, 지뢰를 꽉 밟았구나. 무신경한 소리를 따발총처럼 쏴댔어. 너무하네. 인간쓰레기가 따로 없다. 반성해야겠다.

"학교에 있을 때는, 아무튼, 열심히 했거든? 1학년들, 다들 반응도 좋았고. 몇 명이나 입부해 줄 것 같았어. 다들 즐거워 보이는데 나만 '울적한' 표정이면, 이상하니까."

나나코 씨는 조용히 금요일 이야기를 이어갔다.

나나코 씨가 '울적한' 기분이었던 데에는 나도 일부분 책임이 있기에 이 자리에서 도망치고 싶은 기분이 들었다.

물론 여기까지 와 놓고 도망칠 리는 없지만.

"하지만, 집으로 돌아가서, 내 방에 들어갔더니, 갑자기, 슬퍼지는 거야. 실실 웃고 있는 자신이, 싫어져서. 그런데, 그 순간에, 자료용으로 샀던 반코네 피규어가 눈에 들어왔어. 갑자기 이게 무슨 의미가 있는건지 모르겠더라. …어째서, 이런 게, 우리 집에 있는 거지? 라고 말야."

모든 이야기가 연결되었다.

거기서부터는 들을 것까지도 없다. 내 눈으로 직접 봤으니까.

새빨간 불꽃.

새카만 연기.

그건 일종의 보복행위이자, 한편으로 미코미와 아이돌 파이브를 애도하는 진혼의 불꽃이었던 것이다.

"…음습, 하지? 좋은 행동은 아니잖아?"

"아니, 그렇지는…."

"료타 씨한테 들켜서, 집으로 도망친 후에, 진정하고 보니까, 베른의 다키마쿠라만 남은 거야. 난 뭘 하고 있는 걸까? 라고, 엄청 자기혐오가 와서. 일단, 인터넷에서, 태워버린 굿즈를 전부 다시 샀어."

"어, 전부?"

"응. 모아둔 용돈으로는 부족했으니까, 다음에, 5만 엔만큼 아르바이트를, 해야 해."

진지한 이야기 도중에, 나한테도 상당한 책임이 있는데, 그 한마디를 듣자마자 18세 미만 구매 불가 동인지에 나올 법한 전개만 떠오르는 나는 진지하게 반성해야 한다.

사념을 지우자.

신사가 되자.

"5만 엔이라니, 평범한 고등학생한테는 꽤 큰돈인데."

예이 양, 스톱.

이 타이밍에 리얼충 여자한테 그런 소리를 들으면 오타쿠 남자는 의미심장하게 받아들이지 않을 수가 없다니까? 은밀한 알바라면 이틀 밤이면 벌 수 있지! 같은 상상으로 끌려 들어간다고. 제발 그만.

"후읍."

일단 심호흡을 하고.

신사적으로 생각한다.

지금, 내가 무슨 말을 해야 할지.

"나나코 씨."

"…응."

"그건, 확실히 OTA단 사람들한테 알려지고 싶지 않을 만해."

"응."

"안심해. 몇 번이나 말했지만, 난 말할 생각 없으니까."

"나도 비밀 꼭 지킬게."

"…고마워."

나나코 씨는 어깨의 짐을 내려놓은 듯한 표정으로 웃었다.

혼자 끌어안으려 했겠지만, 예이 양은 리얼충 특유의 관찰안으로 그 심리를 간파한 것이리라. 예이 양이 등을 떠밀어주지 않았더라면 나는 이 방에 도달하지 못했을 테고, 나나코 씨는 언제까지고 고독한 잠복 크리스찬이었을 것이다.

"나야말로 고마워. 우리를 신용해 줘서."

"…어, 그, 그야, 료타 씨니까."

나나코 씨는, 지극히 자연스러운 동작으로 미코미 인형을 품에 껴안고 있었다.

"료타 씨는, 분명 괜찮을 거, 라고 생각했어. 카미이도, 이제까지 대화한 적은 없었지만, 료타 씨가, 괜찮아, 라고 말했으니까, 분명 괜찮을, 거라고."

"그, 그건, 고마워."

너무나 전면적으로 신뢰해 주니 오히려 곤혹스러웠다.

아니면 전면적으로 신뢰해 보고 싶었는지도 모른다. 자신 이외의 누군가를.

그 상대가 어쩌다 보니 나였다는 거고.

아니, 비하하는 게 아니다. 우연의 산물이라고는 해도, 내 존재도 나름대로는 필요한 것이었을 테니까. 1밀리 정도는 자랑스럽게 여겨도 천벌은 내리지 않겠지.

"…료타 씨나, 카미이가, 만약, 싫지 않다면."

그야 나나코 씨가,

"또, 여기에, 몰래, 놀러 와 줄래?"

이런 제안을 해주게 되었으니까.

순수하게 기뻐하지 않는다면 그게 더 실례다.

"그런 말을 듣는다면, 또 올 수밖에 없잖아."

"초콜릿 과자라든가, 준비해 놓고, 기다릴게. 에헤헤헷."

미코미 인형을 꼭 끌어안고서 나나코 씨는 함박웃음을 짓고 있었다.

3장

수요일의

나나코 씨

수요일 아침.

학교 화장실에서 손을 씻은 후에, 거울에 비치는 내 모습에 감동마저 느껴졌다.

"…머리카락이, 목욕한 직후네."

정말로 멍청하게 들리는 발언이지만, 실제로 이 표현이 가장 정확하다고 생각한다.

찰랑찰랑 헤어에서 꼬불꼬불 헤어로 극적인 변화를 거친 지 오늘로 엿새. 이 머리카락에 대해서도 꽤 이해가 깊어졌다.

머리카락이 축축할 때는 레게 뮤지션 같아서, 뭐, 그럭저럭 밸런스가 잡혀 있다. 시부야의 센터 거리에 가면, 이런 헤어스타일로 다니는 사람이 있을 것 같다는 느낌.

문제는 마른 후다. 마르고 나면 머리카락이 아니라 꼭 개그맨이 쓴 가발처럼 된다. 머리가 비대화되는 만큼 전체적인 실루엣도 6등신에서 4등신 정도까지 데포르메된 것처럼 느껴진다. …역시 이건 과장이 좀 심하지만.

즉, 젖은 상태를 얼마나 유지할 수 있는가가 승부의 포인트다.

하지만 집에만 틀어박혀 있던 주말처럼 아침 점심 저녁 밤 심야로 3시간마다 입욕하면서 리얼충 여자의 향기를 탐닉…, 아, 지금 건 말실수다. 머리카락에 윤기를 주는 건 불가능하다.

그럼 어떻게 해야 하는가?

타개책은 어제 방과 후에 키노모토에게 배웠다.

'아라카와, 진짜로 머리에 아무것도 안 발라?'

'…어, 응, 아무것도.'

'에이에이에이에이, 무슨 소리야. 그 파마는 세팅 안 하면 무리잖아.'

'…세팅?'

예전부터 이상하다고 생각은 하고 있었다.

리얼충 남자들은 어째서 헤어스타일이 언제나 완벽하게 유지되는지. 목욕한 직후 같은 스타일을 아침에도 점심에도 저녁에도 밤에도 심야에도 그대로 유지하고 있는지.

하지만 설명을 들으니 납득할 수밖에 없었다.

1. 머리카락을 완전히 적신다.

2. 수건으로 반쯤 말린다.

3. 무스로 머리카락을 주무른다.

4. 드라이어의 온풍을 끼얹는다.

5. 왁스를 바른다.

6. 드라이어의 냉풍을 끼얹는다.

7. 스프레이로 굳힌다.

8. 머리카락 끝을 미세하게 조정한다.

이런 귀찮은 의식을 아침마다 빼먹지 않고 하는 것이다.

이렇게까지 하기 때문에 리얼충인 것이다.

눈이 번쩍 뜨여 유레카를 외친 나는, 곧바로 실천해 보기로 했다.

하나같이 생소한 작업들이라 30분이나 걸렸지만 미리 예상해서 평소보다 40분이나 일찍 일어났으니 노 프라블럼이다.

그걸 끝내고, 역까지 걸어가 전철을 타고 한 번 환승해서 학교에 도착한 지금.

"…이거, 정말로, 목욕한 직후네."

화장실 거울 앞에서, 나는 그저 멍청한 발언만 연발하고 있었다.

몇 분 후, 교실에서.

"아라카와, 안녕~."

"…앗, 안녕."

"오, 머리카락에 신경 좀 썼네."

예이 양은 인사한 후에 곧바로 내 변화를 언급했다.

"…이상하진 않아?"

"응. 이젠 이상하지 않아."

"즉, 어제까지는 이상했다는 소리야?"

"음? 그럼 이상하지 않다고 생각했어?"

꽤 신랄한 의견이시군요.

아니, 실제로 지금 생각하면 용케 그런 꼴로 리얼충이 되겠다고 생각했구나! 라는 수준이었지만.

"아, 왠지, 미안해."

"…괜찮아. 난 멘탈 강하거든."

자기 입으로 이런 소리를 하는 인간은 8할 정도의 확률로 그다지 강하지 않다. 오히려 약하다. 앗, 저는 8할 쪽입니다.

그런 이야기를 하다 보니 나나코 씨가 교실에 들어왔다.

"좋은…아침….."

"나나코, 좋은 아침~."

곧바로 예이 양이 아침 인사를 했다.

"어? 아, 아, 안녕, 카미이."

"메구라고 불러달라고 말했잖아."

"그, 그럼, 메구."

미술부 부실이라는 비밀을 공유한다는 점도 있어서, 이 둘은 나름대로 사이가 좋아지고 있는 듯하다. 그제 점심 시간에 예이 양이 '차였던' 것을 생각하면 극적인 변화라고 말할 만하지 않을까.

"료타 씨도, 안, 녕… 어?"

이상하다는 얼굴로 나를 바라보고 있다.

"나나코 씨?"

"…수영하고 왔어?"

오케이, 이 한마디로 파악 완료.

헤어스타일에 대한 감각은, 나나코 씨도 나도 같은 레벨인 모양이다.

리얼충 여자와 오타쿠 여자.

이런저런 사정이 있어 둘 사이에 교류가 생겨났다는 게 되지만, 반대로 말하자면 생겨난 건 교류뿐이고 각자의 홈은 바뀌지 않았다.

교실 안에선 눈에 보이지 않는 진지전이 행해지고 있다. 리얼충 진영과 오타쿠 진영은 명확하게 구분되어, 때때로 이런 예외가 발생하지만 그래도 기본적으로는 자신이 소속된 진영, 홈에서 일생을 끝마치게 된다.

나나코 씨는, 예이 양과 두세 마디를 나눈 후 각자 홈으로 돌아가 버렸다.

"반코네, 2기도 최고로 하라쇼~☆"

"마, 깜짝 놀랐다 아이가. 1화부터 이미 신 내린 수준이다."

"신이 내린 레벨이 아니야, 신보다 위에 있다고 할까?"

"존귀하다…, 존귀해…!!"

오타히메에게 빨려든 것처럼 다른 반에서 모여든 OTA단 2학년 남자부원들. 2학년 4반 교실은 이미 제2부실이나 다름 없었다.

그리고 그 집단 한구석에서, 나나코 씨는 맞장구를 치고 있었다.

"으, 응, 대단했지. 에헤헤헤."

이런 느낌으로.

"A파트의 총격전, 대단했어~☆"

"마, 나도 그렇게 생각한데이. 작화도 휙휙 잘 움직이고 6돌격대 안의 사람도 연기가 좋았다 아이가."

「여기서 네가 죽는 미래는 바뀌지 않지만, 불쌍하니까 마지막으로 팬티라도 보여줄게.」

"카나메 씨, 베른이랑 똑같구마! 성우 데뷔가 코앞이여!"

"야기우 씨, 조금 호들갑 아니야?"

"마, 내는 진심이다. 그 정도로 닮았다 아이가. 나나코 씨도, 마, 그렇게 생각하제?"

"어, 아, 응, 비슷해. 엄청 비슷해. 에헤헤헤."

이런 느낌으로.

내 기억에 보정이 걸려 있지 않다면, 작년 봄의 나나코 씨는 조금 더 말이 많고 조금 더 즐거워 보였다. OTA단의 일원이라는 사실과 돌파이버라는 사실이 아무런 모순도 일으키지 않았던 시대였다.

월요일 방과 후에 미술부 부실에서 미코미 여신설을 뜨겁게 주장하던 나나코 씨는, 그 시절과 마찬가지로 진심에서 우러나는 웃음을 보여주었다는 기분이 든다.

하지만 지금은,

"에헤헤헤."

강렬한 자기모순을 감춰가면서, 마음에 없는 웃음으로 얼버무리며.

대체 어떤 심정으로 저 무리 속에 있는 걸까.

"그런데 나나코 씨? 2기 시작 기념 일러스트 진척은 어떠시오?"

"어? 아, 으, 응. 저기, 그게, 1화 방송에는, 맞추지 못해서."

"뭐라곡ㅋㅋ 말도 안 돼ㅋㅋㅋ"

"으, 미, 미안, 해. 오늘 밤에, 날짜가 바뀔 때쯤에는, 아마, 올릴 수 있을 테니까…."

"괜찮아? 나나코 씨가 작업할 때 옆에서 파이팅♡ 파이팅♡ 해줄까?"

"배, 배려해 줘서, 고마워…."

"나나코 씨는 OTA단에서도 귀중한, 그림이라는 역할이 주어진 부원이니까, 부탁해도 되지?"

"무, 물론이야…."

그런 대화를 듣고 야기우 씨와 기타 등등이 끼어들었다.

"히이∼ㅋㅋㅋ 카나메 씨의 일침! 나나코 씨, 결국 저질러 버렸구마. 이건 큰일이라고 생각하는데 말이다. 상대는 우는 아이도 울음을 뚝 그치는 학생회장 아이가?"

"뭐어∼? 난 무서운 사람 아닌데∼☆"

"마, 그라제. 카나메 씨의 관대한 마음으로 츠쿠모 학원의 평화는 유지되고 있지만, 권력과 카리스마를 겸비한 카나메 씨가 진심으로 움직인다면, 멀쩡하게 걸어서 졸업할 수 있는 녀석 따위 한 명도 없다 아이가."

"가뜩이나 천사인 카나메 씨가 권력을 손에 넣어 대천사 카나에르로."

"존귀하다⋯, 존귀해⋯!!"

오타쿠는 학생회장을 뭐라고 생각하는 건가.

애니에 대체 얼마나 영향을 받은 거야.

아, 하여간, 정말로.

나나코 씨는 대체 어떤 기분으로 저 안에 있는 걸까.

"안녕−."

키노모토가 등교했다.

언제까지고 오타쿠 진영만 곁눈질할 때가 아니다. 나한테도 리얼충 진영에 새로운 마이홈이 있으니까.

"⋯아, 안녕."

"응?"

리얼충 남자가 멈춰 섰다.

"아-, 제대로 세팅했구나?"

"…아아, 응, 알려준 대로."

"어때? 괜찮은 것 같아?"

"…아, 아마도."

"다행이네."

어라?

키노모토, 왠지 평소보다 기운이 없어 보이는데?

"…어제, 귀찮을 텐데도, 알려줘서, 고마워."

"아, 그건, 메구한테도 부탁받았으니까."

예이 양의 이름을 말하면서 자기 머리카락을 배배 꼬았다.

역시 그다지 기운이 없어 보인다.

그러고 보면 어제 방과 후에도 처음에는 '예---이!' 같은 분위기였다가 도중부터 꽤 평범한 느낌으로 변해서, 아, 그런가, 리얼충 남자도 '예---이!'라는 분위기를 내내 유지하는 건 힘든가 보구나, 라고 생각했는데.

"키놋치-★"

마키마키가 다가왔다.

여학생A와 여학생B를 시종처럼 거느리고서.

"늦게 왔네, 키놋치."

"조금만 더 늦었으면 지각이었다고-."

그러자 금세 남학생A와 남학생B도 이쪽으로 다가왔다.

어느새 키노모토를 중심으로 한 반경 3미터 정도가 리얼충 진영의 거점처럼 되었다. 어디서 소환한 거야. 엄청난 특수 스킬이네.

"아―, 그게, 헤어스타일이 오늘따라 안 잡히더라고."

키노모토는 머리 꼭대기에 모인 머리카락을 손가락 끝으로 돌돌 감고 있었다.

이렇게 새삼 관찰해 보니 리얼충 남자는 다들 리얼충 남자다운 헤어스타일을 하고 있다. 뭐랄까, 삐쭉삐쭉 솟아서 이모선한 파티피플이라는 느낌.

헤어스타일에 신경을 쓴다는 건 리얼충 진영에 소속되기 위한 조건 중 하나이리라.

그렇게 생각하면 적어도 오늘의 나는 그 조건을 클리어했다는 게 된다. 이 집단에 위화감 없이 녹아들었다는 소리다.

솔직히 기쁩니다.

진짜 고맙다, 키노모토.

"그런데 마키마키."

"왜―애―?"

"향수 바꿨구나?"

어, 뭐라고?

향수?

"아-, 눈치챘어?"

"그야 알지. 냄새가 완전히 다르니까. 엔젤 하트?"

"와-, 대단해. 정답-."

"꽤 좋아하거든, 엔젤 하트."

"러브&피스보다 좋아한다고 말했지."

"말했던가? 아무튼 맞아, 예전부터-."

잠깐만 기다려 주지 않을래?

어느 세상의 이야기를 하고 있는 거야?

갑자기 한없이 먼 존재로 보이는 건 왜죠?

"키놋치는 언제나 사무라이를 뿌리는 것 같아."

"그야 사무라이는 기본이니까."

그러니까 그건 어느 세계의 기본?

시대극 촬영이라도 하시나?

…안다. 그런 뻘소리는 필요 없다. 문맥으로 추측하면 사무라이는 남성용 향수일 것이다. 그 전에 나온 두 가지는 여성용이겠지.

즉, 이제 와서 새로운 조건이 판명되었다는 거다.

리얼충은 향수를 뿌린다.

나도 향수를 뿌리지 않으면 안 된다.

어제는 귀가할 때 무스와 왁스와 스프레이를 샀는데, 오늘도 또 무언가를 사게 될 것 같다. 계속되는 지출이 슬슬 괴롭게 느껴진다. 분명 이것 말고도 갖춰야 할 게 아직 더 있을 테니까.

그런데 향수라는 건 가격이 얼마쯤 하지?

그 이전에, 향수라는 건 어디서 팔지?

리얼충을 목표로 노력하는 것도 고생이네.

❖　　❖　　❖

모르는 일이 있으면 스마트폰으로 검색하면 된다.

가격은 조사해 두었다.

가게 위치도 조사해 두었다.

향수를 구입한다는 인생 최초의 미션을 클리어하기 위해 나는 방과후가 되자마자 학교를 나서, 도중에 창문 유리에 비치는 내 얼굴이나 머리를 보고선 여전히 유지되는 헤어스타일에 감동하고, '하지만 여기서 만족하면 안 된다. 더 높은 단계를 향해 전진하지 않으면 안 된다, 리얼충이 된다는 건 원래 그렇다'라는 식으로 자신을 타일렀지만, 정작 가게 앞까지 도착하고 나니 용기가 조금 부족해 자동문이 열리는 마지막 한 걸음을 내딛지 못하고, 너무 빨리 걸었더니 목이 마르다는 변명 따위나 늘어놓으며 콜라든 사이다든 아무튼 탄산이 들어간 음료를 사려고 했다가,

"…지갑을 깜빡했네."

라고 말하는 결말을 맞이하게 되었다.

와, 진짜 김빠지네.

아마도 교실 로커에 두고 왔겠지. 완전히 의기소침해진 나는, 왔던 길을 터벅터벅 돌아가는 수밖에 없었다.

석양의 붉은 빛이 비쳐드는 학교 건물, 인기척은 얼마 없다. 왕복 4킬로 정도를 무의미하게 걸은 내 발걸음은 무겁다.

부활동을 하는 학생들은 자기 부실에 있을 시간대니까 건물에는 아무도 없을 줄 알았는데, 2학년 4반 교실 앞에 사람이 하나 있었다.

"…나나코 씨?"

"앗, 료타 씨."

"뭐해? 복도에 멍하니 서서."

"으음, 그게, 지갑을, 깜빡했거든. 에헤헤헤."

우연이네요, 아가씨.

이런 일로 싱크로 해도 딱히 기쁘지는 않습니다만.

"하지만, 교실에, 들어갈 수가 없어서."

곤란한 표정을 지으며, 검지로 문 쪽을 쿡쿡 찌르듯 가리켰다.

문틈으로 안을 엿보니 거기에는 리얼충 두 분이 계셨다.

키노모토와 예이 양.

"…저 둘뿐이야?"

"응. 내가 온 후로, 10분 정도, 쭉."

"무슨 이야기를 하고 있을까?"

"목소리가 작아서 잘 들리지는 않지만, 남친, 여친, 같은 단어들이 들렸던 것 같아."

"남친, 여친."

"아, 아마도, 니까? 잘못 들은 걸지도 몰라."

"…아니, 아마 그게 맞지 않을까? 리얼충들은 그런 이야기 자주 하니까."

나나코 씨가 전 여친이라는 의혹을 받은 것도 기억에 새롭다. 전 여친 같은 건 단 한 명도 존재하지 않는다. 모쏠 경력=나이입니다. 이거 참 면목이 없네요.

"아니, 그런데 10분이나 여기에 있었어?"

"으, 응. 그야, 방해하면, 안 되려나, 싶어서."

그 기분은 알겠다. 리얼충 남녀가 그런 대화를 나누는 공간에 단독으로 돌입할 수 있는 오타쿠 여자는 결코 많지 않을 테니까.

하지만 나나코 씨는 분명 착각하고 있다.

예이 양은 나 같은 상대와 대화할 때도 여친이라든가 남친이라든가, 사귄다든가 헤어진다든가 하는 단어를 아무렇지 않게 쓰니까.

그러니까 그런 단어가 단편적으로 들리는 정도로 무겁

게 받아들일 필요는 전혀 없다. 가볍게 '예~이!' 따위를 외치면서 있는 힘껏 문을 열고 당당히 들어가면,

"메구, 난 너를 좋아해."

와우!
안 들어가서 다행이다!
생각했던 거랑 다르네. 엄청 시리어스하잖아. 키노모토의 목소리가 '좋아해'의 '좋' 근처에서 미묘하게 상기된 느낌도 엄청나게 리얼했다.
…아, 그런가.
리얼충도, 고백 따위를 하는구나.
생각해 보면 당연한 일이다. 사귀기도 하고 헤어지기도 하는 사람들이니까. 고백하거나 고백받거나 하는 일도 모니터 속에서 일어나는 게 아니라 반경 3미터 이내에서 벌어지는 익숙한 이벤트다. 그게 바로 리얼충이다.
어쩌면 헤어스타일이네 향수네 하는 것들은 전혀 중요하지 않을지 모른다.
좀 더 근본적인 부분에서, 리얼충은 나랑 다른 생물이지 않을까?
"…나나코 씨."
"으, 응."

"도망치자."

"어?"

"아무튼, 빨리."

"엇, 아, 알았어."

발소리가 나지 않도록 신중하게, 그리고 신속하게.

깜빡한 물건을 다시 한 번 깜빡하고, 우리는 사건 현장에서 이탈했다.

"…앗, 지갑."

그리고 다시 한 번 떠올렸다.

계단을 뛰어 내려가, 너무 목이 말라 콜라든 사이다든 아무튼 탄산이 들어간 음료를 사려고 했을 때.

"료타 씨도, 지갑, 없어?"

"…교실에 있어."

둘이 합쳐 땡전 한 푼 없음. 상당히 절망적인 상황이다.

"가지러 가기는, 힘들겠지?"

"저 안으로? 그건 무리겠지."

"마, 맞아. 에헤헤헤."

나나코 씨는 곤란한 표정으로 웃었다.

"그럼 어떻게 할래? 저 둘이 사라질 때까지 어디 적당한 데에서 기다릴까?"

"그, 그러게, 부실 같은 데에서."

"…아, 맞다. 나나코 씨는 OTA단 부실에 가면 되는구나."

"어?"

나나코 씨의 반응에 아차 싶었다.

조금 비꼬는 말투로 들렸을까. 그런 의도는 없었는데.

"저기, 료타 씨, OTA단 부실에는."

"…솔직히 가기 좀 그래. 그만둔 지 꽤 오래되기도 했고."

이제 야기우 씨나 다른 남학생들은 2학년 4반 교실에 와도 나에게 말도 걸지 않을 만큼 소원한 관계가 되었다.

"그, 그럼, 그럼…, 료타 씨."

"응?"

나나코 씨는 조금 주뼛거리면서 나에게 제안했다.

"OTA단 부실이, 무리라면, 으음, 그게, 말이지? 미술부 부실은, 어떨, 까? 에헤헤헤."

❖   ❖   ❖

이틀 만의 두 번째 방문.

미술부 부실은 역시 미술부 부실이 아니었다.

무슨 소리인지 이해하기 힘들지도 모르지만, 실제로도 아닌 건 아니니까.

이 부실 내부 사진을 보여주었을 때 '아, 네, 이건 미술부 부실입니다'라고 태연하게 말할 수 있는 거짓말쟁이가 있다면 나는 다음부터 그 녀석이 하는 말을 한마디도 신용하지 않을 거다.

아이돌 파이브로 빼곡한 벽.

아이돌 파이브로 가득한 선반.

"료타 씨, 사이다 마실래?"

냉장고에서 꺼낸 500밀리리터 캔도 역시 아이돌 파이브의 콜라보 상품이다.

"…여기, 미술부 부실이라기보단 꼭 나나코 씨의 집 같네."

"에헤헤헤. 미술부 부원, 나밖에 없으니까."

그런데도 폐부되지 않는 게 신기하다.

현실적인 이야기를 하자면 츠쿠모 학원은 학생 수가 계속 줄고 있으니 남는 교실이 많아 문제는 없겠지만.

만약 애니 속 세계라면 폐부를 면하기 위해 부원을 모아야 한다는 플래그 확정일 텐데. 그야말로 미코미가 아이돌 연구부의 부원을 모으던 것처럼.

"료타 씨. 이 사이다, 본 적 있어?"

"…아니, 본 적 없는데. 한정판이야?"

"응! 아키하바라 한정으로만 판매했던, 레어템이야!"

"정말로? 아, 그런데 그런 귀중한 걸 따도 괜찮아?"

"실은, 이거, 1기 때 나온 물건이라, 꽤 오래되었거든."

아이돌 마법소녀들의 일러스트로 장식된 측면 대신 무기질적인 숫자가 늘어선 바닥면을 나에게 보여주었다.

"유통기한이, 아슬아슬해."

"…아, 그렇구나."

"이런 건, 아까워서 좀처럼 못 마시니까. 하나도 손을 안 대고 있다 보면, 어느새, 유통기한 3개월 전인 경우가 많잖아."

"아아, 무슨 기분인지 알 것 같아. 단순히 사이다를 마시는 것뿐인데, 내 안에서 뭔가 특별한 의미가 있다는 생각이 들어버리거든."

"맞아맞아, 그런 느낌."

나나코 씨는 냉장고에서 한 캔을 더 꺼내더니,

"혼자선, 좀처럼 열 용기가 안 났거든. 그제는 너무, 갑작스러워서, 사이다 마시는 걸, 깜빡했고 말야."

푸슉, 하고 탭을 딴다.

"오늘, 료타 씨가 와 줬으니까, 드디어 마실 수 있어. 에헤헤헤."

"…뭐, 그렇게 말해준다면 맛있게 마셔야겠네."

푸슉, 하는 소리가 또 한 번.

"구호, 알지?"

"구호?"

"일단 내가, 사랑해, 라고 말하면."

"…아, 오케이."

"그럼, 간다? 하나, 둘~."

"사랑해."

"건배~."

예전에는 아이돌 파이브 삽입곡 제목인 〈사랑해 SUN-SHINE〉을 이런 식으로 비틀어서 건배할 때 외치는 게 돌 파이버 사이에서 유행했다. 물론 고등학생은 음주 엄금이니까 사이다나 영양 드링크 같은 걸로.

아마도 이제는 아무도 하지 않겠지.

돌파이버 따위는 사라져 버렸으니까.

"푸하아, 맛있어."

드디어 마른 목을 축일 수 있었다. 입술부터 위까지, 탄산음료가 흘러 들어가는 경로를 따라 기분 좋은 개운함이 퍼진다.

나와 거의 동시에 나나코 씨는 캔에서 입을 떼고,

"…오랜만, 이야."

라고 중얼거렸다.

"…료타 씨여서 다행이야."

"어? 뭐가?"

"오늘은 료타 씨밖에 없으니까, 살짝 상급자 지향의 이

야기를 해도 괜찮으려나, 라고 생각해서 말야."

이 발언은 조금 무섭다. 대체 어떤 딥다크한 지식들이 난무할지.

"메구가 함께 있으면, 역시, 조금은 배려하게 되니까. 한 명이 전혀 모르는 주제로 너무 열심히 떠드는 건, 엄청, 미안, 하니까."

"확실히, 사랑해 건배 같은 걸 일일이 설명하긴 좀 그렇지."

"…딱히, 메구를 싫어하는 건 아니고, 사이좋게 지내고 싶다, 는 생각은 하지만, 응? 역시, 리얼충은, 리얼충이니까. 사는 세계가 다르다, 라고 할까."

사는 세계가 다르다.

사랑하는 차원이 다르다.

'메구, 난 너를 좋아해.'

리얼충이 리얼충에게, 리얼충하기 그지없는, 리얼충을 위해 리얼충이 리얼충적인 리얼충을 하는 리얼충하기 그지없는 고백 장면.

헤어스타일에 신경을 쓰고 향수에 대해 공부해 가며 이제까지 노력한 나조차, 거기에는 거대한 벽으로 나뉜 듯 절대로 넘을 수 없는 뭔가를 느끼고 있었다.

그러니 나나코 씨가 그렇게 생각해도 무리는 아닐 것이다.

"그러니까, 료타 씨여서 다행이야. 리얼충도 아니고, OTA단 부원도 아닌, 료타 씨여서 다행이야."

"…그건 고마운걸."

기쁜 말이라고 생각하지만 한편으로는 마냥 기뻐할 수도 없다. 리얼충이 아니라고 확실하게 들어 버렸으니.

"OTA단 사람들이랑은, 오와콘으로 대화 같은 건, 못 하지?"

"응, 아마 무리일 거야. 아이돌 파이브는, 더더욱."

"…더더욱?"

"내가, 아직도, 미코미가 좋아! 같은 소리를 하면 난리가 날 거야. 옹호했다간, 그럼 너도 처녀막에서 목소리가 안 나오겠네? 라는 소리를 듣게 될 거야."

"…진짜냐."

"앗, 지, 진짜, 아니야!"

무엇을 부정하는 건지 곧바로 파악하지 못하고 나는 고개를 갸웃거렸다.

"진짜가 아니…라니?"

"그, 그러니까, 그게."

노골적으로 시선을 피하면서, 창피해서 새빨갛게 달아오른 얼굴로,

"…나는, ……목소리, 나, 나와…."

아, 응, 그렇구나.

어디서 문제가 발생했는지 곧바로 알았다.

그리고 엄청난 커밍아웃을 듣게 되었다는 사실도 이해했다.

제발 그러지 마. 상황을 생각해 줄래? 밀실에서 우리 둘 뿐이잖아? 네가 그러니까 나도 괜히 의식하는 바람에 체온이 올라가잖아.

이 흐름은 좋지 않다.

여러 가지 의미에서 좋지 않다.

바꿔야 한다.

"그, 그런데 굿즈가 엄청 많네! 무슨 수로 이렇게 많이 모았어? 작년 봄에 OTA단 부실에 있었던 양보다 훨씬 늘어난 것 같은데!"

"…그, 그건, 반 정도는, 내 물건이라서."

"아~, 그렇구나! 그런 소리를 했었지!"

"…집에 있던 굿즈는, 전부, 여기로 가지고 왔어."

"오~, 그렇구나! 그래서 이렇게 넘쳐나는 거구나!"

"…카나메 씨가, 가끔, 집에 오는데."

"오~, 그건 몰랐네! 걸즈 토크라, 멋진데~!"

"…하지만, 힘들어."

"오~, 오~, 무슨 일이 있었는데?"

"내가, 제대로, 패권의 편에 서 있는지, 체크하러 오는 것 같으니까."

"하~ 하~, …헉?"

억지로 띄우려던 분위기가 단박에 날아갔다.

오타히메가, 체크…를 하러 온다니?

"일러스트 투고 사이트에 올리는 일러스트는, 내 방이 아니면 작업을 할 수 없는데, 그 진척도랑, 환경을, 체크하는 거야."

"…진척은 알겠지만, 환경이라니?"

"내가, 어느 애니의, 어느 굿즈에 둘러싸여서, 그림을 그리고 있는지."

"…그런 것까지 간섭받는다고?"

"응. 그래서, 내 방은, 이번 분기에는 반코네 굿즈로 꽉 차 있어."

"…하지만 그건."

다 태웠잖아?

태우지 않고선, 이런저런 의미로 견딜 수 없었다고 했잖아?

그 말은 입 밖에 낼 수 없었다. 너무나 무신경하고 잔혹한 질문이니까.

하지만 그렇다면, 이것만이라도 들려주면 좋겠어.

"나나코 씨는, 어째서 OTA단을 그만두지 않는 거야?"

나도 안다.

어리석은 질문이라는 걸.

그 증거로, 나나코 씨는 조금도 주저하지 않고 대답했다.

"OTA단의 모두가, 나를 필요로 해 주니까."

"…그림쟁이, 로서?"

"응, 맞아."

"…그렇게 말했지. 랭킹 상위를 획득하는 건 '일'이라고."

"돈을 받는 건 아니니까, '일'이라고 말하는 것도 좀 그렇지만."

깨달음을 얻은 성인처럼 온화하게 웃으면서.

"모두가 기뻐해 주거든. 모두가 나를 필요로 해주거든. 이건, 돈으로는, 살 수 없는 거니까."

아아. 좋은 이야기다.

너무나 훌륭한 청춘의 미담이다.

도덕 교과서 검정기관인 문부과학성의 높으신 분들이 박수를 치며 좋아할 만한 에피소드다.

이 부분만 잘라낸다면 말이지.

전후의 문맥을 무시한다면 말이지.

좋은 이야기다. 정말로, 너무나.

"나, 중학생 때, 그다지 친구를 못 만들었거든. 특히, 오타쿠 친구가 없어서. 수업이 끝나고 나면, 할 일은, 곧바로 집에 돌아가서, 아이돌 파이브를 보든가 그리든가, 으음, 나머지는, 경배하든가?"

"솔로 플레이어구나."

말하고 나서 깨달았는데, 꼭 PLAYER와 PRAYER의 발음을 노린 억지 개그처럼 되어버렸다. 나나코 씨가 무시해 줘서 다행이다.

"그래서, 말이지? 내가 고등학생이 되면, 아이돌 파이브 이야기를 함께 해줄, 아키하바라에서 함께 쇼핑을 해줄, 그런 친구가 있으면 좋겠다고, 내내 생각해 왔어."

"…그래서 OTA단에 입부한… 거야?"

"응. 입부했더니, 그런 친구들이, 잔뜩 생겼어. 아이돌 파이브 이야기, 잔뜩 할 수 있었어."

"…그 사건까지는?"

"아, 응…, 그랬. 지."

나나코 씨의 표정이 어두워졌다.

2기 마지막 화 직전. 1기에 이어 두 번째 패권을 얻는 게 확실시되었던 작품이, 제목을 입에 담기만 해도 분위기가 험악해지는 터부로 전락했던 그 사건.

"OTA단에서, 아이돌 파이브 이야기는, 이제, 할 수 없게 되어서."

"…적어도, 옹호할 수 있는 분위기는 아니었지."

정확히 말하자면, 아이돌 파이브 이야기를 하고는 있었다.

취급이 바뀌었을 뿐. 칭송하는 대상에서 공격하는 대상으로.

당시의 나는 혼란스러웠다. 이해할 수 없었다. 안의 사람이 처녀막에서 목소리가 나오지 않는다는 건 그야 쇼크겠지만, 아무리 그래도 고작 며칠 전까지 열광적으로 좋아하던 작품을 그 정도로 싫어하게 될 줄이야.

지금의 나는 조금이긴 해도 이해할 수 있다. OTA단 사람들이 좋아한 대상은 아이돌 파이브라는 작품이 아니라 돌파이버라는 자기 자신이었을 것이다. 패권의 편에 서 있다는 안심감이었을 것이다.

빅 웨이브에는 타지 않을 수 없다.

큰 흐름이 바뀐다면, 개인의 좋고 싫음도 수정하지 않으면 안 된다.

그게 바로 도쿄의 오타쿠니까.

"그 후로 금세 7월이 되었잖아. 나는 이미 그때쯤엔 부실에 거의 가지 않게 되었지만, 아이돌 파이브 이야기를 하지 못하게 된 OTA단에서는 무슨 이야기를 했어?"

"으음, 그, 여름에는, 여름의, 패권이 있으니까."

"…그 끈?"

"으, 응. 잉여신의 푸른 끈."

이런 터무니없는 우회적 표현만으로도 어떤 애니의 어떤 캐릭터를 말하는지 한순간에 전해진다. 대화가 편해서 좋다.

"그러게. 나나코 씨도 7월에는 푸른 끈 일러스트만 잔뜩 그렸으니까."

"그, 그건, 그 타이밍에, 푸른 끈을, 그리지 않으면, 그건, 으음, 오타쿠가, 아니다, 그, 그런 식의, 풍조가."

"확실히 그런 풍조는 있었던 것 같아."

"랭킹도, 푸른 끈으로, 처음으로, 1위가 되어서, 다들, 기뻐해 줬어."

"아, 그래, 엄청 소란을 피웠지."

"하지만, 료타 씨는."

한순간 주저하듯 뜸을 들이고서.

"료타 씨만은, 기뻐해 주지 않았어."

결코 책망하는 말투가 아니라.

그저 조용히, 담담하게.

"…솔직히 쇼크였거든. 나나코 씨조차 그럴 줄은 몰랐으니까. 매일 아이돌 파이브의 일러스트를 그렸는데, 다시는 그리지 않겠구나 하고 생각했어."

"그건, 으음, 그게…."

"…알아. 사실은 꾸준히 1일 1미코미를 지켜왔던 거지? '일'이 아닌 쪽에서. '취미'나 '사생활' 쪽에서. 하지만 나는 그런 사정을 몰랐으니까. 나나코 씨도 다른 모두와 똑같다고 생각했어. OTA단에서 나만 빅 웨이브에 타지 못했다고, 흘러간 계절에 남겨져 버렸다고, 그렇게 생각했어."

예를 들자면 마치 무한에 가까운 루프를 반복하는 과정에서, 바로 전 시간축에 남겨진 아이돌 마법소녀 치르치르처럼.

"료타 씨는, 그래서, OTA단을 그만둬 버린 거구나."

"…원래 나나코 씨도 알고 있었잖아? 내가 그만둔 이유 정도는."

"응. 알고 있었어. 료타 씨만, 그 사건 이후로도 돌파이버렸으니까, 그래서, OTA단에는, 있을 수 없게 되었어."

"…뭐, 정리하자면 속마음과 태도를 능숙하게 나누지 못했던 거야. 시즈오카의 오타쿠는 도쿄의 오타쿠랑 다르게 요령이 없거든."

"나, 나도, 딱히, 요령, 같은 건."

"내가 보기엔 요령계의 슈퍼우먼 수준이야. 똑같은 인간종이라는 생각이 들지 않을 정도로. 나 따위보다 훨씬 아이돌 파이브를 좋아하면서, 지금도 현역 돌파이버면서."

나나코 씨는 OTA단에 남아 있다.

그 이유를 다시 물어보는 짓 따위는 하지 않는다.

누군가에게 필요한 사람이 된다는 것. 집단에서 동료로 승인받는다는 것. 그것이 고교 생활에서 가장 중요한, 청춘을 구가하는 데에 피할 수 없는 프로세스임을 지금의 나는 아니까.

앞뒤 생각하지 않고 OTA단을 뛰쳐나온 나는, 오타쿠도 리얼충도 아닌 어중간한 존재로 변해 어디에도 소속되지 못한 채 교실을 부유하는 생지옥을 맛봤으니까.

하지만 이런 생각도 든다.

그 사건 이후로 나나코 씨가 맛보았던 상황도 나와 마찬가지, 아니, 어쩌면 나보다 더한 생지옥이라고 불러야 하는 수준이 아니었을까?

「내가 고등학생이 되면, 아이돌 파이브 이야기를 함께 해줄, 아키하바라에서 함께 쇼핑하며 돌아다녀줄, 그런 친구를 갖고 싶다고 언제나 생각했어.」

나나코 씨가 갈망한 '그런 친구'는 고작 석 달 만에 사라져 버렸다. 나머지 아홉 달은, 오로지 혼자, 잠복 크리스찬처럼 우상숭배를 계속해 왔다.

정말 그걸로 괜찮았던 걸까?

좀 더 즐거운 루트가 있지 않았을까?

나도, 나나코 씨도, 어딘가에서 선택지를 잘못 고른 것이다.

예를 들어 작년 7월에.

"만약 나나코 씨의 속마음을 알았다면, 그만두지 않았을지도 몰라."

"아, 정말로?"

"그야 지금 여기서 나나코 씨랑 아이돌 파이브 이야기를 할 수 있어서, 엄청 즐거우니까."

다 마신 사이다 캔 두 개를 테이블 위에 나란히 놓았다.

이러면 됐는데.

이런 게 좋았는데.

내가 고교 생활에 바랐던 건 이런 방과 후였다.

빅 웨이브나 패권 따위는 상관없이, 좋아하는 걸 좋아한다고 자유롭게 말할 수 있는, 바로 이런 장소였다.

여기까지 도달하는 동안 너무 멀리 돌아왔지만.

아직, 분명히, 되찾을 수 있을 것이다.

"…하지만 난 아홉 달이나 거리를 두고 있었으니까. 공백 때문에 아이돌 파이브의 지식도 까먹은 게 많거든. 나나코 씨 기준으로 '상급자 지향의 이야기'에는 따라가지 못할 가능성이 높아."

"아, 그, 그렇구나. 응, 그렇겠네."

"그러니까, 가르쳐줄래?"

"어?"

"'상급자 지향의 이야기'에 따라갈 수 있는 수준까지, 아이돌 파이브의 매력을 가르쳐 주면 좋겠어. 떠오르게 해줬으면 좋겠어. 그러는 편이, 분명히 더 즐거워질 테니까."

나나코 씨는, '데엥'하는 표정으로 내 얼굴을 바라보고 있었다.

"…료타 씨."

그리고 점점 뺨이 누그러지더니,

"에헤헤헤."

웃기 시작했다.

"즉, 포교 활동, 이라는 거지?"

"뭐, 그렇게 되겠네."

"료타 씨를, 완전히, 늪에 빠뜨려도 되는 거지?"

"어? 으, 응."

조금 불온한 공기가 감돌기 시작했다. 최소한 호흡 정도는 하게 해 줘.

"포교 활동이라니, 정말로, 오랜만이네. 어떻게 해볼까? 응? 어떻게? 어떻게?"

뭐, 하지만,

"일단, 애니부터 볼까? 앗, 부실에 티비가 없네. 그럼 소설판이나, 드라마CD? 하지만 역시, 라이브 파트를 보면서 포교하는 게 제일 좋을 것 같은데. 어떻게 할까? 어떻게 해볼까? 에헤헤헤."

나나코 씨가 즐거워 보이니까, 분명 이게 정답이다.

20분 후.

우리는 아이돌 파이브 2기 마지막 화를 보고 있었다.

방송 당시에는 주위의 잡음이 너무 심해서 제대로 감상할 수 없었던 에피소드다.

[아이돌은, 모두를 웃게 하기 위해서 노래해.]

"아이돌은, 모두를 웃게 하기 위해서."

[마법소녀는, 모두에게서 웃음을 빼앗는 나이트메어와 싸우지.]

"마법소녀는, 훌쩍, 모두에게서, 웃음을 빼앗는, 흑."

[그 둘 사이엔 아무런 차이도 없잖아.]

"그 둘 사이엔, 으흑, 흑, 흑, 흐앙, 흐아아앙."

"⋯나, 나나코 씨?"

"흑, 흐흑, 미코미, 좋아해, 정말, 정말 좋아⋯, 윽, 흐윽."

"⋯그, 그렇구나."

"으으, 흑, 흐흑, 일단, 끄⋯ 끌 게."

나나코 씨는 울면서 일시정지 버튼을 눌렀다. 포터블 플레이어 화면에는 라이브 회장을 습격한 '나이트메어'의 사악한 모습과 거기에 맞서는 아이돌 마법소녀들의 뒷모습이 있었다.

미술부 부실에는 텔레비전이 없다. 이제까지는 1인용 포터블 플레이어로 충분해서였겠지만 오늘은 나도 있기에 조금 답답한 화면을 둘이서 열심히 쳐다보는 모습이 되었다.

필연적으로 거리가 가까워진다.

나도 요즘 다양한 일들을 겪으며 여자와 둘만 있는 시추

에이션에는 면역이 생겼다고 생각했지만, 교복이 스치는 미세한 소리나 예이 양과 다른 샴푸 향 등을 도저히 의식하지 않을 수 없을 정도로 가까운 거리였다.

하지만 금세 그런 건 신경 쓰지 않게 되었다.

옆에서 울고 있으니까.

정말로, 깜짝 놀랐다.

"미안해, 료타 씨. 좀, 너무 최고라서. 여긴, 최고거든. 미안해."

"…으, 응."

"뭐가 최고냐면, 이 대사를, 미코미가 말했다는 거야. 다른 네 명이 아니라, 미코미의 입에서, 이 말이 나왔어. 아이돌로서 빛나고 싶은 마음과, 마법소녀로서 싸워야 한다는 책임감이, 미코미의 마음속에는, 둘 다 있어서, 언제나 괴로워했던 거야. 하지만, 치르치르가, 아이돌 마법소녀가 되겠다고, 결정해서, 미코미 자신에게도, 변화가 생겨서, 그 결과가 바로 이 대사야. 이렇게 말할 수 있었던 거야. 미코미가, 그, 미코미가 말야. 으흑, 정말, 정말로 좋아해."

엄청난 기세로 사랑을 고백한다.

그러는 도중에도 눈물이 뚝뚝 흐른다.

정말로 놀랍다.

"이, 일단, 눈물 닦아. 지금 엄청나거든."

"훌쩍. 으, 응. 잠깐만 기다려 줘."

나나코 씨는 손수건을 꺼내었다. 젖은 부분만 닦을 줄 알았는데 손수건을 펼쳐 그대로 얼굴에 가져다댔다. 나에 게는 얼굴을 두 손으로 덮은 모습처럼 보였다. 꼭 부끄러 워하는 제스처처럼.

"생각해 봤는데."

손수건을 통해 웅얼거리는 목소리가 들렸다.

"이거, 포교로서 전혀 효과 없지?"

"…그, 글쎄."

"혼자서 볼 때랑, 다른 게 하나도 없는걸."

혼자서 볼 때는 매번 이렇다는 소리네. 나나코 씨의 사 랑이 무겁게 느껴진다.

"감정적이 아니라, 논리적으로. 좀 더, 제대로, 알기 쉽 게. 응. 포교라는 건, 원래 그런 건데."

얼굴을 덮은 두 손이 스르륵, 하고 반만 내려갔다.

엿보는 듯한 눈동자에는 눈물 대신 불꽃이 타오르고 있 었다.

"으음, 예를 들면."

손수건을 치우고 포터블 플레이어의 화면을 프레임별로 조작했다.

"여기, 실은 서브리미널 효과를 사용했거든."

"아. 당시에 조금 화제가 됐지."

"몇 번으로 나뉘어서 나이트메어 문자로 쓰인 문장이 나오는데."

"으음, 내가 기억하기로는, 누구도 해독하지 못했었지?"

"응. 그래서, 열심히 노력해서, 해독했어."

"…네?"

귀를 의심했다.

나이트메어 문자는 작중에서 쓰이는 가공의 문자다. 알파벳과 1대1 대응조차 하지 않는 암호 같은 거라서 해독하기 엄청나게 난해했다. 탁 까놓고 말해서 불가능한 일이었다.

그걸, 나나코 씨가, 해냈다고?

"작년 코미케에서 한정배포된 스태프 완결기념 책에 힌트가 쓰여 있었거든. 그리스 신화의 여신들이 모티브 중 하나니까 그 원문이 쓰인 아티카 그리스어라는 고대언어를 쓰면, 해독할 수 있을지도 모른다고 생각했어."

"고대언어… 원래 그런 거 잘 알았어?"

"설마. 고대는커녕, 현대 영어도 아슬아슬하게 낙제를 면하는 수준인걸."

"…그럼, 그걸 해독하려고 일부러 공부했다는 거야?"

"응, 열심히 노력했어! 에헤헤헤."

그 정열을 영어 공부에 썼다면 조금 더 성적도 좋아질

텐데.

하지만 오타쿠란 원래 이런 생물이니까.

"이건 호메로스라는 사람이 쓴 서사시에서 인용된 문장인데. 아이돌 마법소녀 다섯 명과, 각각 링크되는 내용이야. 예를 들면, 으음, 잠깐만. 프레임 재생, 프레임, 프레임…."

이제까지는 말하고 싶어도 그럴 만한 상대가 없었겠지.

밀실에 틀어박혀, 혼자서 눈물을 흘리는 수밖에 없었겠지.

하지만 지금은.

"앗, 여기야! 료타 씨, 이거, 이걸 봐 줘!"

이렇게 들뜬 목소리로.

이렇게 빛나는 눈으로.

OTA단 부실이나 2학년 4반 교실에서는 분명 누구도 보지 못하는 모습이다.

"…못 읽겠어."

"읽을 수 있는 사람은, 작화 스태프인 네코시츄 씨랑, 나뿐이야."

"…그것도 그러네."

"괜찮아! 료타 씨한테도, 읽는 방법, 알려줄 테니까. 에헤헤헤."

나나코 씨가 말한다.

내가 그것을 듣는다.

1대1의 포교 활동은, 엄청나게 농밀하고, 엄청나게 상급자 지향이었다.

✧　✧　✧

미술부 부실은 지하에 있다. 채광창은 있지만 그래도 빛이 잘 들어온다고 말하기는 힘든 위치다. 게다가 언제나 두꺼운 커튼을 쳐놓는 모양이다. 아마 책이나 굿즈가 직사광선에 변색되는 것을 방지하기 위해서겠지.

그래서 복도로 나올 때까지 깨닫지 못했다.

밖이 이렇게 어두워졌을 줄이야.

"…시간이 상당히 늦었네."

"미, 미안. 내가 그만, 멈추지를, 못해서."

"나도 같이 했으니까 공범이야. 뭐, 피차일반이라는 거지."

한숨을 쉬면서 내 머리카락을 와락 움켜쥐었다. 무스와 왁스와 스프레이의 힘이 밤까지 지속되는 데에 놀랐지만, 뭐, 그건 넘어가고.

"솔직히 말해서 나도 즐거웠으니까. OTA단을 그만둔 날 이후로, 아마 최고로."

"으, 으음, 그렇다면, 다행, 이야. 에헤헤헤."

"너무 오랜만이라 완전히 잊고 있었어. 아이돌 파이브

가 이렇게 재미있었다는 사실을."

"그러게. 아이돌 파이브는, 백 번을 봐도, 이백 번을 봐도, 재미있어."

"…그 숫자, 절대로 과장이 아닐 것 같아서 무서운데."

"어? 그, 글쎄, 제대로 세어본 적은 없지만."

이미 셀 수 없을 만큼 많이 보았다는 건 분명한 듯했다.

"하지만, 정말로 조금도 빛바래지 않았다고 생각해. 9개월이나 지난 애니고, 안의 사람 관련으로 말들이 많았지만, 나한테는 전혀 끝나지 않았어. 오히려 그 반대야. 오늘 다시 한 번 시작되었어."

단언하겠다.

아이돌 파이브는 절대로 오와콘이 아니다.

"석 달마다 패권이 바뀌고 석 달마다 콘텐츠가 끝난다. 그건, 역시, 이상하다고 생각해."

만약 9개월 전의 사건이 일어나지 않았더라도 지금 OTA단에 나나코 씨와 아이돌 파이브로 즐겁게 이야기를 나눌 상대는 없었을 것이다. 여름의 패권도, 가을의 패권도, 이제 슬슬 겨울의 패권도 끝난 콘텐츠로서 인식되고 있을 시기니까.

"…나나코 씨에게 질문이 있습니다."

"네? 아, 넵!"

"미코미를 사랑하는 마음은 석 달 한정입니까?"

"아, 아닙니다!"

"아플 때에도, 건강할 때에도, 미코미를 사랑하겠다고 맹세합니까?"

"매, 맹세합니다!"

"…그렇겠지."

우스운 연극은 이쯤 하고.

"그런 일편단심이 오타쿠를 오타쿠로 만들어주는 이유라고 생각했어. 하지만 오히려 반대였어. 패권의 편에 선다, 였던가? 그게 오타쿠의 조건이었어. 난 그래서 오타쿠가 아니었던 거야."

착각이라고 할까, 인식의 차이라고 할까.

이 작은 어긋남이 내 고등학교 생활 1년을 통째로 날려버렸다.

"…뭐랄까, 이젠 잘 모르겠어. 오타쿠는 뭐고 나는 누구인지, 무엇을 위해 태어나 무엇을 위해 살고 있는지, 전부, 잘 모르겠어."

"갑자기, 엄청나게, 어려운 이야기네."

"오오, 그러게. 나는 리얼충이 아니니까 어려운 생각을 하지 않고서 살아갈 수 있을 만큼 똑똑하지 않아."

될 대로 되라는 태도로, 아무 말이나 지껄이고 있다는 건 자각한다.

나 스스로도 정리하지 못한 것을 정리되지 않은 상태로

외부출력하고 있으니까. 장난감 상자를 뒤집어엎은 거나 다름없는 헛소리를 들어야 하는 쪽에게는 이만한 고역이 없겠지.

그러니 대답도 적당히 아무 말이나 해주면 그만이다.

그러는 편이 나도 마음이 편하다.

"어느 쪽이어도 좋아."

딱 기대한 대답.

한순간 그렇게 생각했지만.

"나는, 어느 쪽이어도 좋아. 료타 씨가 오타쿠든, 오타쿠가 아니든. 오늘처럼, 나랑 같이, 아이돌 파이브를 함께 봐 준다면, 그걸로 괜찮아."

심플하다.

그야말로 리얼충처럼.

오타쿠의 극에 달하면, 반대로 리얼충과 같은 발상을 하게 되는 걸까.

아니, 그런 건 아니겠지만.

"…나나코 씨가, 그렇게 말한다면, 그것도 좋겠네."

나는 생각하기를 포기했다.

편한 쪽으로, 즐거운 쪽으로 흘러간다.

"오늘, 엄청 포교했지만, 아직 한참 모자라. 아이돌 파이브의 매력을 전부 전하지 못했어. 1기랑 2기를 합치면 26화나 되니까, 앞으로 25번은 함께 봐줘야겠어."

"앞으로 25번이라. 한참 걸리겠네."

"하지만, 아마 순식간일 거야."

"응~, 그런가?"

"그야, 오늘도, 순식간이었으니까."

나나코 씨는 동의를 구하듯 내 얼굴을 엿보았다.

그 주장에는 설득력이 있었다.

"…그러게, 그 말이 맞네."

"응응, 그렇지? 그러니까, 꼭, 또 와 줄래?"

"…응, 알았어. 약속할게."

"에헤헤헤. 료타 씨, 고마워."

나나코 씨의 목소리가 밝아졌다.

나나코 씨가 기뻐해 준다면 성가신 일, 어려운 일, 자기 존재의 정의에 관한 철학 따위, 다 어찌 되든 상관없다.

"…하지만 매일 이렇게 늦어지는 건 곤란한데."

"앗, 그, 그러게. 미안해, 다음부터, 시간에는, 조심할게."

"…그보다 오늘은, 원래 시간만 잠깐 때우려는 거였으니까. 그 둘이 교실에서 나갈 때까지."

"메구랑, 그… 갈색 머리카락…."

"키노모토야."

같은 반인데 이름 정도는 기억해야지, 라는 소리는 입이 찢어져도 못 한다. 부메랑이 돌아와서 나한테 꽂힐 테니까.

그건 그렇고 엄청난 현장을 목격했네.

'메구, 난 너를 좋아해.'

같은 반의 다른 세계에서 일어나 버린, 사건.

내일이 되면 그 두 리얼충을, 어떤 표정으로 만나야 하는 걸까.

그런 걱정을 하고 있자니, 내 스마트폰에서 BINE 착신음이 들렸다.

"…누구지?"

드문 일이다.

나랑 상관없는 일로 멋대로 흥겹게 떠드는 단체방은 착신음이 울리지 않게 설정해 두었다. 그러지 않으면 시도 때도 없이 울려 대서 너무 시끄러우니까.

즉, 누군가가 나 개인에게 메시지를 보냈다는 뜻이다.

그 메시지는,

{메구 : 지금 둘이서 만날 수 있을까?}

"…어?"

여러 가지 의미에서 너무 예상치 못한 메시지라, 나는 머릿속이 새하얘졌다.

❖　❖　❖

"왔구나, 아라카와."

내 모습을 발견하자 예이 양이 공원 벤치에서 일어섰다.

"미안해, 갑자기 불러내서."

"…그건, 딱히, 상관은 없는데."

시선을 옆으로 돌리니 기억이 있는, 입수의 기억이 있는 연못이 보였다.

"…어째서 여기로?"

"너 아직 학교에 있었잖아? 이 공원이라면 학교에서도 가깝고 우리 집에서도 가깝고, 온 적이 있으니까 약속 잡기도 쉬우려나~ 라고 생각해서."

이유를 들으니 확실히 합리적이라는 기분도 든다.

하지만 나에겐 머리카락에 불이 붙어 죽을 뻔했던 트라우마가 있는 곳이잖습니까. 아직 그 일로부터 1주일도 지나지 않았습니다만.

참고로 시간대도 그때랑 비슷하다. 바람도 비슷한 세기로 불고.

저번 주 금요일과 다른 점이라면 나나코 씨가 없다는 사실뿐이라고 말해도 되겠다.

"그보다 나나코랑 같이 있었지? 또 그 부실 갔어?"

"…응, 맞는데."

"좋겠다–. 나도 가고 싶었는데. 치사해."

태연하게 그런 소리를 한다.

어차피 못 갔을 거면서.

'메구, 난 너를 좋아해.'

그 고백 씬을 목격해 버렸으니까. 이후의 전개는 어느 정도 상상할 수 있다. 좀 전까지 키노모토와 함께 있었겠지? 리얼충답게, 리얼충해서, 리얼충이 리얼충이었던 거지? 무리잖아. 올 수 있을 리가 없잖아.

"즐거웠어?"

"…어?"

"나나코랑 둘만 있어서."

"…그야, 즐거웠, 지만."

"흐음―?"

예이 양은 히죽거리며 웃고 있었다.

"…미리 말해 두겠는데, 그건 아냐."

"어? 뭐가?"

"나나코 씨랑은, 네가 상상하는 그런 관계는 아니라는 거야."

"그럼 아직은 사귀는 사이가 아니라는 뜻?"

"아직, 이 아니라!"

이제까지도 예이 양한테는 몇 번이나 비슷한 말을 들었지만.

이번에는 조금 분했다.

남친이네 여친이네, 사귀네 헤어지네 같은 리얼충 세계

의 틀에 끼워맞춰, 리얼충들의 남녀관계와 같은 수준으로 취급당한다는 게.

뭐라고 할까, 그건 모독이다. 아이돌 파이브에 대한 모독이다.

"정말로 아니야?"

"…아니야."

"실은 좋아하는 것도 아니고?"

"…아니라니까."

"음−, 그런가. 다행이다."

그건 무슨 의미일까.

다시금 현재의 상황을 정리해 보자.

밤에 아무도 없는 공원으로 불러내, 나와 나나코 씨 사이에 연애관계가 성립하지 않는다는 사실을 확인한 후에, 한마디. 다행이다.

어, 어라?

어쩌면?

아니, 아니아니, 말도 안 된다. 착각도 정도껏 하자.

뭘 어떻게 해야 그런 초전개가 되는 건데. 이름이 적힌 상대가 나한테 반해 버린다는 에로노트(가칭)라도 쓰는 건가. 소꿉친구도 여동생도 학생회장도 여교사도 할리우드 여배우도, 남친이 있든 없든 무조건적으로 반하게 만들어 하렘 요원으로 만들어 버린다는 건가. 그런 편리한 마법의 아이템은 2차원에만 존재한다고.

특히 예이 양은 키노모토한테 고백 받아서 갓 사귀기 시작했는데,

…정말인가?

그러고 보니, 나는 키노모토한테 고백 받는 모습밖에 보지 않았다.

대답이 YES였는지 NO였는지, 전말까지는 모른다.

"그럼 안심하고 부탁할 수 있겠네."

"…뭐, 뭘?"

예이 양은 조금 졸려 보이는 눈으로, 나를 똑바로 바라보며 고백했다.

"미안한데, 내 남자친구가 되어 줄래?"

?!

?!

?!

머릿속에 커다랗게 기호가 세 개 정도 떠올랐다.

의미를 모르겠다. 전혀 의미를 알 수가 없다.

나 지금, 고백 받은 걸까?

이걸 고백이라고 불러도 될까?

만약 그렇다면 '미안하지만'은 무슨 뜻이지? 미안할 게

뭐가 있어? 좋은 일밖에 없잖아?

앗, 잠깐만?

그런 건가.

이거, 몰래카메라 같은 거야.

내가 진지하게 받아들이고 긴장한 표정으로 '잘 부탁합니다'라고 말하면서도 속으로는 들떠서 '메구'라는 호칭으로 부르면, 키노모토가 등장해서 '메구의 남친은 나거든?'이라고 선언하더니 눈앞에서 쿵짝쿵짝을 시작하고, 절망한 내 얼굴을 보면서 웃긴다, 재밌다, 를 연발하는 거야. 끝에 남은 건 자살뿐이다.

99% 피해망상이라는 걸 모르진 않지만, 불안은 가속되기만 할 뿐이다.

"…키노모토는 어쩌고?"

참지 못하고 그 이름을 입 밖으로 내고 말았다.

예이 양의 눈이 조금 크게 뜨였다.

"알고 있었어?"

반응이 이렇다는 건,

"…역시 몰래카메라였냐."

"응? 잠깐만. 몰래카메라라니. 무슨 소리야?"

"응?"

"어?"

"아라카와, 어디까지 알고 있어?"

"…키노모토가, 고백한 데까지."

"누구한테 들었어?"

"…그건, 으음."

얼버무려 봐야 좋을 게 없다.

괜한 거짓말을 했다간 대화만 불필요하게 꼬일 거라는 기분이 든다.

나는 그렇게 생각하고, 오늘 있었던 일을 솔직하게 말하기로 했다.

"아―, 그랬구나. 정말로 딱 거기만 들어 버렸구나?"

"…들어 버렸네요."

"그리고 나나코 양을 데리고서 도망쳐 버렸구나?"

"…도망쳐 버렸죠."

"재밌다."

"…훔쳐들어서, 대단히, 죄송합니다."

"에이, 기왕 그럴 거라면 처음부터 끝까지 들어 주지 그랬어."

"…무슨 소리야?"

"키놋치가 폭주한 거, 반쯤은 아라카와 때문이거든?"

"…네에?"

이야기의 연결점이 보이지 않는다.

인과관계를 모르겠다.

혼란에 빠져 넋이 나간 내 얼굴을 향해, 예이 양은 여전히 졸려 보이는 표정으로 천천히 두 손을 뻗었다.

"…으힛."

얼빠진 얼굴에서 나는 얼빠진 목소리.

예이 양의 차가운 손이 내 달아오른 귀를 만져, 온몸이 떨렸다.

"아라카와."

"네, 넵."

"월요일부터 생각한 건데."

"왜, 왜 그러시는지?"

내 머리카락을 자기 손가락에 빙글빙글 감으면서, 가만히 중얼거렸다.

"샴푸, 나랑 같은 거 쓰지?"

들켰다아아아아아아아!!!!

다시금 온몸이 떨렸다.

이번에는 생리현상이 아니다.

인생이 종료될 때의 떨림이었다.

국어 교과서에 실린 소설에 나오는, 친구의 소중한 나비를 훔쳤다가 주머니 속에서 짓뭉개버린다는 클라이맥스처럼.

"모르는 척하는 편이 낫겠다고 생각해서 말 안 했는데."

"…이, 이건, 으음."

"아, 난 딱히 신경 안 쓰거든? 하지만 신경 쓰는 사람은 신경 쓰는 법이잖아?"

"…말씀하신 대로입니다."

"아무튼 나 혼자만 알고 있었다면 아무 문제가 없지만, 키놋치도 알아 버렸더라. 아마 머리카락 세팅하는 법을 알려줄 때."

"…앗, 앗, 아아아아."

"키놋치는 냄새에 민감한 데다 감도 날카로우니까. 샴푸 냄새가 같은 건 우연이라고 보기 힘든데, 아라카와랑 사겨? 라는 말을 들었거든."

"…아아아아아아앗."

"어떻게든 얼버무려 보려고 했지만, 키놋치가 상당히 흥분해 버려서 말야. 그래도 기세로 밀어붙여 고백까지 해버렸다는 거야."

인과관계가 그렇게 되는 거군요. 잘 알겠습니다.

반 정도가 아니라 90%쯤 제 잘못이었네요.

나란 인간은 대체 뭘까. 무슨 이유로 태어나서 뭘 하며 사는 걸까. 모르는 채로 끝날 것 같다. 내일이나 모레 정도에.

"하지만 나로서는 거절하는 수밖에 없었어."

"어?"

그래?

"그냥 거절하면 키놋치도 납득해 주지 않을 테니까. 실은 아라카와랑 사귀고 있으니까 무리라고 말해버렸지 뭐야."

"어어어?"

그러셨습니까?

"그래서, 미안하지만."

예이 양의 두 손이 내 머리카락에서 턱으로 내려와 가만히 뺨을 감쌌다. 목 위쪽 부위를 내 의지대로 움직이지 못하고, 나는 똑바로 예이 양을 마주보았다.

"내 남자친구가 되어 주면 좋겠어, 네가."

대체 뭐지, 이 상황은?

수 초 전까지 어떻게 죽을지 고민하고 있었는데.

지금, 눈앞의 리얼충 여자가 자기 남친이 되라고 요구하고 있다.

진정해라.

냉정해져라.

지나치게 구미가 당기는 이야기에는 뒷사정이 있다.

여기까지 듣고 위화감을 느끼지 않으셨는지?

응, 그래. 온통 위화감뿐이다.

그야 이상한 점이 너무 많잖아?

일단, 무엇보다,

"…어째서, 나야?"

양쪽 뺨을 감싸여 있어서 말하기가 조금 불편하다. 웅얼거리게 된다.

"키노모토한테 고백을 받았으면, 걔랑 사귀면 되잖아."

"음−, 그건 무리."

"어째서?"

"마키마키가 키놋치를 좋아하거든."

마키마키?

예상하지 못한 이름이 나왔다.

"…그건, 무슨."

"내가 키놋치랑 사귀면 마키마키의 적이 되어버리잖아."

"…적?"

"더 정확한 표현으로는, 배신자? 마키마키가 키놋치를 노린다는 것 정도는 가까운 여자애들은 다들 아니까. 노래방에서도 엄청나게 어필했고 말야."

"…그러게, 듀엣곡 같은 것도 불렀지."

노래방뿐만이 아니다.

교실에서 대화할 때도 짚이는 구석은 많았다.

마키마키의 언동에서는 분명히 러브코미디의 선택받지 못한 히로인 같은 분위기가 배어나왔다.

"마키마키는 여자애들 사이에서 영향력이 엄청나거든.

그런 아이를 적으로 돌렸다간 모두가 적으로 돌아설 거야. 최악의 경우에는 집단 따돌림도 당할걸."

"…아니, 으음, 그런 일이, 설마 있을까?"

"있어."

곧바로 대답했다.

"더 정확히 말하자면, 있었어."

예이 양이 눈을 내리깔았다.

내 뺨을 붙잡은 두 손에, 조금 불필요한 힘이 들어갔다.

"중학교 때, 비슷한 일이 있었거든."

"…직접, 체험한 거야?"

"느닷없이 고백을 받아서 별생각 없이 OK 했더니, 그 때문에 여자애들 모두한테서 무시당하게 되었어. 책상에 이상한 편지가 들어 있거나, 체육복에 이상한 게 묻어 있거나. 그건, 조금, 힘들었어."

예이 양의 말투는 담담했다.

이런 이야기는 담담한 말투로 듣는 게 역으로 상상력을 자극해 괴롭게 느껴진다.

"데이트 같은 건 해보지도 않고 금세 헤어졌지만, 이미 표적이 되어버려서 소용이 없었어. 졸업할 때까지 한 명도 친구가 없었지."

"그 남친은…, 지켜주지 않았어?"

"아마 그런 일이 있었다는 사실도 몰랐던 것 같아. 나랑 헤어진 지 석 달이 지나니까, 주범이라고 할까, 나를 제일 싫어했던 여자애랑 아무렇지 않게 사귀었으니까."

"…뭐랄까, 구원도 없는 이야기네."

"응, 죽고 싶었어."

아무렇지 않게 장절한 단어를 내뱉는다.

"그래서 고등학교는 같은 중학교 출신이 한 명도 없는 츠쿠모 학원으로 와서, 같은 일이 반복되지 않도록, 한 명도 적을 만들지 않도록 노력해 왔어."

누구도 적으로 돌리지 않는다.

누구에게도 미움 받지 않는다.

그런 건 불가능하다, 미움 받는 걸 과도하게 두려워하지 마라, 라는 설교 같은 일반론은 다 알 테니 말할 필요도 없을 것이다.

'같은 반에 나를 싫어하는 사람이 있다는 사실을, 나는 그다지 좋아하지 않아.'

그제도 그런 소리를 했었지.

나나코 씨 같은 오타쿠 여자까지 포함해서, 한 명의 예외도 없이 자신을 미워하지 않는다.

예이 양은, 2학년 4반을 그런 반으로 만들고 싶었으리라.

실제로 그 커뮤니케이션 능력, 내가 보기엔 인간을 초월했다고까지 느껴지는 초고렙의 처신술은 거의 이상에 근접한 수준에 달했을 테니.

"…그런데도 키노모토가."

"하여간 곤란하다니까-, 분위기 파악 좀 해줬으면-."

"…가벼운걸."

"그야, 심각하게 굴면 아라카와한테 미움받을 것 같으니까."

예이 양의 입가가 누그러졌다.

나는 웃을 수 없다고.

그러는 너도, 지금이 웃을 때는 아니잖아.

"나도 이래저래 생각해 봤지만, 아라카와가 남친이 되어 주는 게 문제의 소지가 제일 적을 것 같거든. 아라카와를 좋아하는 여자애는 아마 아무도 없을 테니까."

"크헙!"

불의의 기습, 내 마음에 꽂히는, 크리티컬 히트(575 정형시).

그건 좀 너무하지 않나요.

나, 울어도 되지?

"나나코랑도 그런 사이는 아니라고 했지?"

"…화, 확실히, 그런 사이는, 아니지만."

"아라카와는 친구도 적고 여자들한테도 인기가 없어 보이니까, 키놋치 쪽이랑 함께 있어도 미묘하게 녹아들지 못하기도 하고."

"그만, 자, 잠깐, 제발…."

팩트 폭력을 자제해 주세요.

특히 마지막, 녹아들지 못한다는 소리를 직접 듣는 건 파괴력이 엄청났다. 어렴풋이 알고 있었지만, 진짜, 엄청, 데미지 장난 아니지 말입니다.

"아, 미안."

"…사과할 정도면, 생각만 하고 말하지는 말아 줘."

"하지만 나한테는 최고의 조건인데? 사귀고 싶은 남자 넘버 원인데?"

면전에서 이런 말을 들었는데도 이렇게까지 안 기쁠 줄이야.

"…일단, 하나만 물어봐도 될까?"

"응, 뭐야?"

"좋아하는 사람…, 없어?"

"없는데?"

예이 양의 대답에는 한 점의 망설임도 보이지 않았다.

"연애 같은 거… 잘 이해도 안 가고, 귀찮으니까."

"…그, 그렇구나."

"아라카와도 상냥한 사람-, 좋은 사람-, 이라고는 생각하지만 그렇다고 좋아한다는 마음은 안 들어. 내 편이 되어줄 것 같다는 느낌일 뿐이지."

"…내 편."

절묘한 표현이라고 감탄했다. 위장 남친이라는 입장을

악용해 이런 짓~ 저런 짓~을 꾸미면 안 되는 안전장치일
것이다.

"…그럼, 형식적으로 남친이고 실제로는 손도 잡지 않
는다는… 그런 식이야?"

"손? 아니, 잡을 건데?"

예이 양의 두 손이 내 뺨에서 이동해,

"자, 잡았습니다ー."

"으, 와, 아, 오."

나는 언어능력을 잃었다.

부드럽다.

조금 차갑다.

머리카락이나 뺨이나 코는 닿았지만, 손과 손을 맞잡는
다는 행위는 역시 특별한 의미가 있다. 꼭 커플이라도 된
듯한 기분이다.

"이런 느낌으로, 세 달 정도만 나랑 사귀어 주면 좋겠어."

"…세 달?"

꿈에서 현실로 강제 송환.

뭔가 또 새로운 이야기가 갑툭튀했는데?

"여름방학이 시작될 때까지, 세 달이면 되니까~."

"…그, 그건 어째서?"

"아마 그때쯤엔 키놋치랑 마키마키가 사귀기 시작할 테
니까."

온몸에서 힘이 빠져나간다.

그게 뭐야.

"남자의 짝사랑이란 건 세 달 정도밖에 유지되지 않는 것 같거든. 아까 말한 중학교 시절 남친도 그랬고, 고등학교에서도 내 주위에선 다들 그 정도였어."

"…조금 쇼크인데, 그거."

"그런가? 난 오히려 타당하다고 생각하는데. 서로가 좋아해도 석 달쯤 사귀고 헤어지는 커플이 많으니까."

"…몰랐어."

내 주위에는 샘플이 너무 적으니 맞는 얘기인지 아닌지 모르겠다.

하지만 뭐랄까, 리얼충은 말야.

길이길이 폭발할 것 같은, 그런 생물이 아니었던가?

"키노모토라면, 뭐라고 할까…, 영원한 사랑이나 포에버 러브 같은 단어를 좋아할 것 같은 이미지인데."

"아— 알 것 같아. 키놋치뿐만 아니라 다들 그런 건 좋아하니까."

"아니, 안다니, 그런 게 아니라."

"아마도 영원이란 한순간을 말하는 거야."

갑자기 철학적인 발언이 튀어나왔다.

인도나 아라비아의 위인이 수기에 남겨뒀을 듯한 문구다.

"한참 나중 일 같은 건 그다지 깊게 생각해 본 적 없지만, 아무튼 지금 이 순간은 영원한 사랑이라고 생각해."

"…사기잖아."

"응? 사기가 아니야."

어디가 다른 걸까.

거기에 의문을 품는 시점에 리얼충이 아니다, 당당히 포에버 러브를 외치는 인간만이 리얼충이다, 라는 이야기일까.

"그래서, 세 달이 지나면 키놋치의 영원한 사랑은 마키마키로 옮겨갈 거라고 생각해."

"…수긍하고 싶지 않지만, 뭐, 그렇겠네."

"그 동안만 아라카와가 사귀어 주면 좋겠다는 거지-."

내 두 손을 잡고서 가만히 내 얼굴을 바라보는, 리얼충 여자.

찰랑거리는 머리카락에서 샴푸 향이 은은하게 풍겨오는, 리얼충 여자.

이 사람이, 내 여친?

요구의 취지는 이해했다. 좋아합니다, 사귀어 주세요, 라는 일반적인 고백이 아니라는 것도 이해했다. 즉, 정략결혼이랑 비슷하다. 난세에서 살아남기 위해, 세계에 평화를 가져다주기 위해, 이게 최적의 답이라는 것이다. 나는 게임의 말로서 선택되었을 뿐이다.

하지만.

그것을 알고서도.

예이 양이 내 여친?

게다가 상대방한테 부탁받는 형태로?

이런 건 거절할 이유가 없다.

아마 없지 않겠지만, 없는 셈 치고 싶다.

"…구체적으로, 뭘, 어떻게 하면."

"음-, 이렇게, 손을 잡는다거나?"

손에 꼭 힘을 주는 예이 양.

"아무튼 모두가 보는 앞에서 남친답게 행동해 주면 돼. 나도 여친답게 행동할 테니까."

"…나, 그런 경험 없으니까, 잘 모르겠는데."

"아-, 확실히 경험이 없어 보이기는 한다."

진짜로 그런 소리는 좀 자제해 줘.

붕 띄웠다가 내리꽂았다가, 숨도 쉬기 힘든 파상공격에 내 멘탈은 붕괴 직전이라고.

"괜찮아. 나도 남친이 있었던 건 잠깐뿐이니까."

"…그, 그랬구나?"

"연애보다 우정이 우선이잖아."

"…의미심장한 발언이네."

"별로?"

예이 양이 미소를 지었다.

"그냥, 남친 같은 걸 만들려고 하지 않았으니까."

만들 수 있지만, 리스크를 생각해서 만들지 않았다. 만들지 않는다는 방침으로 지내 왔다.

정확히 말한다면 이런 느낌일까.

"서로 경험이 적은 사람끼리 그럴 듯하게 보이도록 노력하는 수밖에 없겠네."

"…그럴 듯하게, 라면?"

"일단 이름을 제대로 불러 줘."

"…앗."

"이것도 전부터 생각했던 건데. 내 이름, 일부러 안 부르려고 하고 있지 않아?"

대체 어떻게 아는 거지?

아니, 정말로 뭐든 다 꿰뚫어보고 있는 건가.

"메구라고 불러 줘-."

"…아니, 으음."

"메구라니까-."

집요하게 요구한다.

여전히 두 손을 잡혀 있어서 도망칠 수 없다.

그 호칭을 내내 피해 왔던 이유가 뭐였더라?

…아, 맞다. 리얼충 전용이라는 느낌이 너무 강해서 무리였던 거다.

하지만 그것도 새삼스러운 이야기인가. 석 달 한정, 표면상이라고는 해도 나는 여친이 있는 리얼충으로서 행동하지 않으면 안 되니까.

"…메, 메구."
"응, 료타."

밤의 공원에서 커플 남녀가 마주보며 서로의 이름을 부른다.
어디를 어떻게 봐도 리얼충 커플이다.
리얼충이 된다는 고등학교 2학년의 목표는, 고작 일주일 만에 달성되어 버렸다. 처음 예상했던 가시밭길과 비교하면 너무나 허탈한 형태이기는 해도, 아무튼 달성은 달성이다.
예를 들어 오늘 있었던 일 중 하나만 일기에 적는다면.
나는, 분명 이걸 선택할 거다.
마지막의 마지막에 터무니없는 일을 겪은 탓에, 그 전에 학교에서 뭘 했는지는 완전히 기억이 날아가 버렸다.

4장

목요일의

메구

리얼충이 되고 싶었다.

리얼충의 정의도 애매한 상태에서 그렇게 되기를 바랐다.

리얼충 집단에 섞이면 그 일원이 될 수 있을 것 같았다.

리얼충 집단에는 녹아들지 못했다는 기분이 들었지만.

리얼충이 되어 버렸다.

리얼충이라고 하지 않을 수 없는 상황이다.

리얼충이 아니라고 항변해 봐야 인정받지 못할 것이다.

리얼충이라는 걸 인정하지 않는다면, 단순한 거짓말쟁이다.

리얼충이 된 지금에 와서야 깨달은 것도 있다.

리얼충이라는 게 대체 뭘 하면 되는 건지 모른다.

리얼충이 되는 것 자체를 목적에 둬버렸기 때문이다.

리얼충다운 정신을 갖추지 못한 채.

리얼충의 입장만을 손에 넣어.

리얼충으로서 보내는 날들이 시작된다.

리얼충의 정의는, 아직 잘 모르겠다.

그로부터 하룻밤이 지나, 목요일 아침.

지하철이 학교 근처 역에 도착했다.

도착시각을 전하는 BINE 메시지에 읽음 표시가 붙은 걸 확인하고, 스마트폰을 가방에 넣은 후에 토자이선 차량에서 내렸다.

"료타, 좋은 아침─."

"…아, 조, 좋은 아침."

역에서 여친과 만나 함께 등교한다.

이것을 리얼충이 아니라면 무엇이라 부르리.

"이름."

"…어?"

"제대로 불러 줘. 다른 애들 앞에서 그렇게 행동하면 남친처럼 안 보이잖아."

"…으, 으, 으응."

입 안이 바싹 마를 때까지 침을 삼킨 후에.

새로운 2인칭으로, 그녀를 부른다.

"…메, 메…구, 메구!"

"고작 두 글자인데 너무 힘들어하는 거 아냐? 재밌다."

"…뭔가, 정신적으로, 소모가, 엄청나네."

"아─, 그렇구나. 하지만 세 달이면 끝이니까 참아줄 수 있지?"

"…세 달."

"응, 세 달."

반복해서 강조하지 않아도 잘 안다.

내가 이 리얼충 여자, …메구의 남친으로 행동하는 건 어디까지나 세 달 한정.

조금 더 정확하게 말하자면 마키마키가 키노모토를 함락시키는 때까지만.

그런 사정이 있지만 아무튼 리얼충은 리얼충이다.

적어도 지금 이 순간은.

네 달 후의 일은 모른다. 리얼충은 분명 그런 나중 일로 머리를 쥐어뜯으며 고민하지 않는다.

"정말로 싫다면 얘기해 줘."

목소리 톤이 조금 낮아졌다.

"꽤 무리한 부탁이라는 건 아니까. 만약 세 달이나 견딜 수는 없다고 한다면, 곧바로 끝낼게."

그 반대야.

너무 길다는 게 아니라 너무 짧다는 게 불만이라고.

하지만 그 말은 할 수 없었다.

말해 봐야 메구에게 부담만 줄 뿐이다.

'연애 같은 거… 잘 이해도 안 가고, 귀찮으니까.'

'그냥, 남친 같은 걸 만들려고 하지 않았으니까.'

메구에게 이건 본의 아니게 벌어진 상황일 뿐이다. 원래 세워둔 원칙과는 모순되지만 비상사태니까 어쩔 수 없다.

이렇게 할 수밖에 없다.

　그렇기 때문에 세 달 한정으로 나를 남친으로 세워둔다는 게 최적의 답이다.

　"괜찮다니까."

　되도록 자연스럽게 웃으며.

　되도록 밝은 목소리로.

　나는 이렇게 대답할 수밖에 없다.

　"내가 남친이면 누구한테도 미움받지 않고 끝나는 거지? 다 원만하게 해결되는 거지? 그걸 위해서라면, 세 달 정도는 협력할 테니까."

　이렇게 대답할 수밖에 없다는 걸 메구는 알고 있었을 것이다.

　아마 내 사고는 전부 읽히고 있겠지. 눈의 움직임이나 손의 움직임으로 낱낱이 파악 당한다. 세 달 동안 내가 메구에게 전혀 위해를 가하지 않으리라는 사실도, 세 달 후에 나와 헤어질 때도 원만하게 마무리되리라는 사실도, 전부 시뮬레이션을 끝냈을 것이다.

　그 정도 스킬이 없다면 리얼충 세계에서 적을 한 명도 만들지 않고 행동하는 건 불가능했을 테니까.

　"료타, 고마워."

　고맙다는 말을 듣는다.

　기쁘다.

이 감정의 흐름까지 전부 컨트롤하고 있다는 것이다. 나를 손바닥 위에 얹어놓고서.

"그럼, 학교 가자."

"앗."

메구가 왼손으로 내 오른손을 쥐었다.

"손, 잡기로 했잖아?"

"아, 소, 손 잡자."

"이거라면 우리 사귀고 있어요— 라고 어필하기 쉬우니까."

"…그, 그러네."

컨트롤 당하는 것도 나쁘지 않다.

손을 이끌려 걷는 것도 나쁘지 않다.

내 마음은 현 상황을 긍정하는 방향으로, 천천히 순응해가고 있었다.

2학년 4반 교실에 가까워지면서 여기저기서 시선을 느끼게 되었다.

교실에 들어가니 이미 모두가 이쪽을 보고 있다는 생각이 드는 수준이라, 나는 과호흡 상태에 빠질 것 같았다.

뭐, 어쩔 수 없지만.

이렇게까지 노골적으로 커플 어필을 하는데, 당연히 다들 보겠지.

"메구, 안녕-★"

마키마키가 다가왔다. 기분이 좋다는 걸 척 봐도 알 수 있었다.

"아라카와랑 사귄다는 거 정말이었구나! 와, 깜짝 놀랐어. 전혀 몰랐다니까."

"아, 모두한테는 숨기고 있었는데, 기왕 들켰으니 그냥 당당하게 행동해야겠다고 생각했거든."

"그게 뭐야, 재밌다-★"

"당당하게 했더니, 엄청 편해졌어."

"그냥 막 러브러브한 느낌?"

"그냥 막 러브러브한 느낌."

"예이-★"

"예이-."

"예, 예이~."

좀처럼 이해하기 힘든 대화 후에, 좀처럼 이해하기 힘든 타이밍에 하이파이브를 요구받았다. 메구의 왼손은 내 오른손을 잡고 있으니 마키마키는 두 손, 메구는 오른손, 나는 왼손이라는 변칙적인 하이파이브였다.

이렇게나 소란스러우면 주목도가 더욱 올라가 버린다.

주위의 시선이 신경 쓰여 흘끔 교실 안의 상황을 살펴보다가, 키노모토와 눈이 마주쳤다.

"앗."

어색한 듯한 목소리가 새어나왔다.

키노모토는 1초 정도 경직되더니, 결심한 듯한 표정으로 나에게 다가왔다.

"아, 안녕."

"…좋은 아침."

"으음, 아라카와."

"…왜, 왜?"

"메구랑 사귀고 있었구나?"

"…아, 시, 실은, 그랬어."

"미리 말하지 그랬냐."

쓴웃음을 지으며 탁 하고 가볍게 어깨를 쳤다.

농담 같은 분위기를 내려 하지만 미묘하게 잘 되지 않는다.

"미안해."

"…어?"

"아니, 아무것도 아니야–."

사과?

아, 그렇군.

키노모토의 시점으로는 남친이 있는 여자애한테 고백했다는 게 되고, 그 남친이 바로 나니까. 게다가 우리는 비밀로 하려고 했지만 자신이 쓸데없는 짓을 하는 바람에 공개하는 처지가 되어버렸다.

혹시나 하는 가정인데.

키노모토는 엄청 좋은 사람인게 아닐까?

바로 어제 실연당했는데 이건 꽤 남자답잖아?

생각해 보면 메구에게 거절당한 것도 본인한테 문제가 있어서가 아니다.

그저 키노모토는 너무 리얼충이었을 뿐이다. 리얼충 집단의 중심에 너무 가까이 있었다.

한편 나는 전혀 리얼충이 아니었다. 리얼충 집단에 녹아들지 못했다.

결과적으로 메구의 남친이라는 타이틀이 누구에게 붙었는지 생각하면, 쓴웃음이 나올 만한 이야기라 미안한 마음마저 든다.

부디 용서해 줬으면.

부디 받아들여 줬으면.

분명 이게 최적의 답이니까.

"맞다, 키놋치."

마키마키가 작업을 건다.

"목요일에 부활동 조금 일찍 끝나지?"

"아, 응. 6시 정도."

"나 오늘 미용실 예약했는데, 아마 6시 정도에 끝나면 그 후에는 한가하거든."

"오-, 정말?"

"노래방 갈까?"

"아, 가고 싶네, 노래방."

"좋아, 노래하자—★"

옆에서 보고 있자니 마키마키는 이때다 싶어 전력대시 중이다.

그리고 나중에 함께 가기로 했던 사람들이 하나씩 급한 일로 캔슬하고, 약속장소에는 둘만 나타났다는 전개가 되려나? 우연이라는 게 이렇게 무섭습니다, 여러분.

어제의 말을 떠올렸다.

'내가 키놋치랑 사귀면 마키마키의 적이 되어버리잖아.'

되어버리겠네.

응, 이렇게 보니까 정말로 되어버릴 거야.

그건 역시 지나친 걱정 아닐까? 라는 생각도 했지만 이렇게 보니 조금도 지나치지 않은 듯해서 경악스러울 따름이다.

그래서, 나와 메구는 세 달 한정으로 커플을 연기한다.

그러는 동안에 마키마키가 키노모토와 사귀게 된다.

파워 밸런스는 붕괴하지 않는다. 교실 안의 평화는 유지된다.

이것이 최적의 답일 것이다.

하룻밤이 지나, 모두의 반응을 보고 나는 강하게 확신했다.

그건 그렇고.

리얼충의 세계란, 이렇게나 성가신 것이었구나.

밖에서 보기만 하던 시절에는 이상향이라고 생각했는데.

안에 들어와 보니 이상향과는 완전히 동떨어져 있다.

제멋대로, 마음 가는대로 모두가 청춘을 구가하고 있는 것처럼 보이지만, 실제로는 언제나 서로가 서로의 안색을 살피고 있었다. 속마음과 태도를 분열해 거짓말을 거짓말로 덮는다.

…으음, 이건.

OTA단이랑 똑같잖아?

리얼충과 오타쿠는 정반대의 존재였을 텐데.

그런 생각이 들어 견디기 힘들었다.

작년 7월에 내가 OTA단을 그만두었을 때는 거기까지 꿰뚫어 보지는 못했다. 나를 제외한 모두가, 아무런 의심도 한 점의 거짓도 없이 세 달마다 패권에서 패권으로 옮겨가고 있다고 믿고 있었다.

지금이라면 말할 수 있다.

이 사고방식은, 타당하지 않다.

'그 타이밍에, 푸른 끈을, 그리지 않으면, 그건, 으음, 오타쿠가, 아니다, 그, 그런 식의, 풍조가.'

풍조.

동조압력.

겉으로만 내세우는 일체감.

일러스트 소재조차 자유롭게 고를 수 없다.

뭘 좋아하는지도 자유롭게 말할 수 없다.

그런 장소에서 나나코 씨는 속마음과 태도를 나눠 놓고 있었다. 거짓말을 거짓말로 덮어씌우면서. 최종적으로는 반코네 굿즈를 불태우는 것 말고는 도저히 견디지 못할 정도로.

OTA단은 이상향 따위가 아니었다.

그리고 리얼충들의 세계도 크게 다르지 않았다.

그럼 어디로 가야 좋을까.

거짓말을 하지 않고, 타인의 안색을 살피지 않고, 청춘을 구가하는 건 불가능한 일일까.

…만약, 가능하다면.

떠오르는 장소는 하나밖에 없다.

벽에는 포스터, 태피스트리, 안는 베개의 커버.

선반에는 만화책, 소설, 원반매체, 피규어, 기타 등등.

냉장고에는 앞으로 세 달이면 유통기한이 끝나는 사이다기 잔뜩 보관되어 있겠지.

❖   ❖   ❖

점심시간.

교실의 상황이 어제까지와 다르다는 느낌이 들었다.

"…어쩐지, 사람이, 적네."

그렇게 느껴지는 원인은 분명했다.

키노모토나 마키마키를 중심으로 하는 리얼충 그룹 학생들이 아무도 없기 때문이다.

"다들 부활동이나 자기 일들 하러 갔거든."

메구가 간결하게 설명해 주었다.

"일단 키놋치가 축구부 부실로 가버리고."

"…흠흠."

"그랬더니 마키마키가 댄스부 교실로 가버리고."

"…흠흠."

"그랬더니 다른 여자애들도 각자 자기 부활동을 하러 가버리고."

"…흠흠."

"그랬더니 다른 남자애들도 각자 자기 부활동을 하러 가버렸다는 분위기."

"…아, 응."

인과관계가 보이는 듯하기도 하고…, 안 보이는 듯하기도 하고.

확실히 며칠 전 점심시간에도 그 순서대로 사람이 사라졌다는 기분이 든다. 리얼충 집단의 거대한 규모는 미묘한 파워 밸런스로 아슬아슬하게 성립하고 있었는지도 모르겠다.

"점심, 모두 모여서 먹는 쪽이 더 좋았어?"

"…음, 뭐, 그야."

"모두들 앞에서 앙-, 같은 행동 하고 싶었어?"

"…아, 아, 앙, 악앙…."

"어, 그 반응은 무슨 의미인지 모르겠는데."

"무, 무무스, 스스스슨."

"재밌다-. 역시 료타는 보고 있으면 재밌다니까."

아니, 그러니까 말이지.

확실히 거동도 이상하고 의미불명에 이해불능이라고 생각하지만.

예상 밖의 타이밍에 예상 밖의 조크를 날리고 예상 밖의 스마일을 보여줘 놓고서, 그 직후에 나한테 수수께끼가 아닌 반응을 하라고?

나한테 그런 고도의 커뮤니케이션 능력이 있었다면 지금쯤 이미 리얼충이 되어 있지 않았겠니?

…앗, 아니다.

지금의 난 여친도 있는 리얼충이지.

그런 설정이었다.

"모두한테는 숨기고 있었지만, 우리는 사귀기 시작한 지 2주나 지났으니까. 반도 같고 슬슬 익숙해지자."

메구가 담담하게 거짓 설정을 늘어놓는다.

누군가의 귀에 들어가는 것을 의식한 말투였다.

그럴 만도 하다. 리얼충 커플의 대화라는 건 다들 안 듣는 듯하면서도 은근히 다 들으니까. 스스로 귀를 기울여 일부러 스트레스를 꾹꾹 쌓은 후에 '죽어버렷'이라든가 '폭발해라' 따위의 저주를 외는 거다.

리얼충이 아닌 인간의 심리는 잘 안다.

외고 싶어지지, 저주.

이 교실에 내가 한 명 더 있다면 분명 저주를 줄줄 읊고 있을 거다. 마음속에 전부 쌓아두지 못하고 입 밖으로 새어나올지도 몰라.

그런 내가 이 교실에서 리얼충을 연기하고 있다.

그래픽은 좋지만 조작성이 꽝인 3D게임을 플레이하는 감각이다.

아바타에 100% 자기투영을 할 수 없어서 조작하는 자신과 조작당하는 자신이 점점 분열되어 간다. 나(속마음)와 나(태도)는 점점 다른 사람이 되어간다.

"음-, 료타?"

"…아, 응, 왜?"

"또 뭔가 어려운 거 생각하고 있어?"

"어, 어려운 거, 라니?"

"딱 그런 표정이라서."

어떤 표정을 짓고 있는 걸까, 지금의 나는.

이런 표정을 짓고 있는 나를, 근접 거리에서 조금 졸린 듯한 눈동자가 바라본다.

"지금 나랑 둘이 있잖아?"

"…앗, 아, 응."

둘밖에 없는 공간…은 아니지만.

여기저기서 우리의 대화에 귀를 기울이고 있지만.

"나, 료타랑 사귀잖아?"

"으, 응."

"료타, 지금 여친이랑 둘이 있는 거잖아?"

"그, 그러게."

"그럼 나만을 생각해 줘."

메구의 손가락이 내 쪽으로 뻗어와 코끝을 쿡쿡 찔렀다. 원근감이 어긋난 시야 속에서 내 천사가, 내 여친이 짓궂게 웃고 있었다.

"지금, 나 이외엔 생각할 필요 없지 않아?"

그만 둬.

좋아하게 되어 버린다고.

…앗, 아니지.

지금의 난 메구랑 서로 좋아하는 사이니까.

그런 설정이니까.

장난 아닌데~. 진짜로, 이 마음은 영원한 사랑이다. 포에버 러브.

"그럼 점심 먹을까."

내 옆에서 메구는 작은 도시락 상자를 열었다. 달걀말이나 문어모양 비엔나 같은 게 있어서 전체적으로 귀엽다.

"…직접 만들었어?"

"응, 나 요리 좋아하니까."

최고다.

어디를 어떻게 봐도 리얼충 여자에, 기분 좋은 샴푸 향이 은은하게 풍겨오고, 커뮤니케이션 능력 발군에 심지어 요리까지 잘한다니, 이건 정말로, 최고다.

이런 여친이 있다면 참 행복할 텐데.

뭐, 이런 여친이 있지만.

거짓말이다.

전부 다 허구다.

목이 바싹바싹 마른다.

"…아, 나 마실 게 없네."

"아, 차라면 내 거 줄까?"

당연하다는 듯이 마시던 페트병을 내밀었다.

그럴 만도 하다. 리얼충 남녀가 고등학생씩이나 되어 간접 키스네 뭐네 하는 문제로 한순간이라도 고민할 리가 없다. 이건 남친 여친 이전의 문제다.

하지만 난 사실은 리얼충이 아니니까.

"…아냐, 괜찮아."

정중하게 거절하고 일어섰다.

지금은 뭐랄까, 그런 기분이 아니다.

"콜라나 사이다. 아무튼 탄산이 들어간 걸 마시고 싶거든."

❖　❖　❖

교실에서 나와 혼자 자동판매기로 향했다.

메구는 데리고 오지 않았다. 음료수를 사서 돌아갈 뿐이니까.

커플은 1분 1초도 따로 행동해서는 안 된다, 라는 구속 플레이도 아니고.

하지만 이렇게 가정해볼 수도 있다. 리얼충의 세계에서 커플은 1분 1초도 따로 행동해선 안 된다는 게 상식이라면 메구는 분명 1분 1초도 나에게서 떨어지지 않았을 것이다. 세 달 내내 그런 생활이 이어지겠지.

나는 그 정도로 메구의 연기력을 신뢰하고 있다.

목적을 달성하기 위해, 냉철하게, 비정하게, 철저하게 내 여친으로서 행동한다. 키노모토의 마음이 멀어질 때까지, 모든 게 원만하게 수습될 때까지, 절대로 진실이 드러나게 하지 않을 것이다. 그런 묘한 안심감이 있다.

걱정되는 건 오히려 나다.

협력한다고 결정한 이상, 나도 힘내서 연기해야만 한다. 나 때문에 진실이 드러나는 일이 있어서는 안 된다.

나는 여친 있는 리얼충!

나는 여친 있는 리얼충!

나는 여친 있는 리얼충!

그런 자기암시를 걸면서 계단을 내려가는 도중에,

"앗."

"앗."

나나코 씨와 마주쳤다.

그러고 보니 오늘은 나나코 씨와 한 마디도 대화하지 않았다.

"아, 아, 안녕, 료타 씨."

"왜 그래? 그렇게 겁내는 얼굴로."

"아, 아냐, 따, 딱히?"

명백하게 거동이 수상하다.

남을 지적할 수 있을 만큼 네 거동은 수상하지 않냐, 라고 묻는다면 대꾸할 말이 없지만, 아무튼 나나코 씨에게서 느껴지는 기운은 평소와 달랐다.

"아무것도 아니야."

"아무것도 아닌 것처럼은 안 보이는데."

"아무것도 아니, 라니까."

"숨기는 건 좋지 않다?"

"앗."

나나코 씨의 반쯤 뜨인 입에서 한숨에 가까운 목소리가 새어나왔다.

"OTA단 녀석들한테 들키고 싶지 않은 일, 나한테는 이것저것 알려줬잖아? 그건 정말 기뻤어. 속마음을 숨기지 않고 말할 상대가 있다는 건 멋진 일이잖아."

그렇다.

기쁜 일이다.

삶의 기쁨이다.

"그만큼이나 본성을 드러내 버렸으니까. 생각한 건 숨기지 않고 전부 말해 줘. 그러는 편이 개운하잖아?"

자기평가를 해보면, 이거 꽤 리얼충다운 발언인걸. 깊은 듯하면서 깊지 않은 미묘한 얄팍함이 그야말로 리얼충스럽다. 언어중추가 리얼충 색으로 물들어가고 있다는 증거다.

그런 내 변화에 놀랐는지 나나코 씨는 잠시 말없이 서 있었다.

"료타 씨가."

그리고 조용히 목소리를 냈다.

"료타 씨가, 그런 소리를, 하는 거야?"

그대로 흐름에 맡기듯 나를 책망했다.

"메구랑, 사귄다는 거, 나는, 몰랐거든?"

아, 그거 말이구나.

거짓말이야.

다 연기였어.

꽤 가벼운 분위기에 물들어 있던 나는 무심결에 입 밖으로 이런 말을 내뱉으려다가 아슬아슬하게 정지했다.

잠깐만 기다려 봐.

이 상황에서 사실을 말해도 괜찮은 걸까?

"앗, 미, 미안. 나한테, 말해야 한다는, 의무…라고 할까 필요라고 할까, 그런 것도 전혀 없는데, 참. 미안해."

마치 잘못이 자신에게 있다는 듯이 나나코 씨가 사과했다.

"내가, 좀 더 일찍, 깨달았다면, 좋았을걸. 료타 씨랑, 메구는, 언제나 함께 있었으니까."

"…아니, 딱히 그렇진 않았는데."

"나는, 리얼충이랑, 달리, 3차원의, 그런 건, 잘, 모르니까. 2차원이라면, 누구랑 누가 사귄다, 같은 거, 금세, 알 수 있지만. 아, 하지만, 지금은, 그런 이야기가 아니었지. 분위기 파악 못 하는 오타쿠라, 미안. 에헤헤헤."

자조하는 듯한 웃음.

나나코 씨가 마음을 닫고 있다는 사인이다.

"어제도, 메구가, 다른 사람한테, 고백받아서, 료타 씨는, 쇼크였겠다. 내가, 분위기 파악을 잘해서, 혼자서 부실로 갔다면 좋았을걸."

"그런 건 아니…."

"하지만, 실제로는 료타 씨랑 둘이서, 부실로 가 버려서. 게다가, 문까지 잠그고, 그런 짓을, 해 버렸잖아?"

"…포교활동 얘기 맞지?"

어째서 그렇게 다른 의미가 있는 듯한 표현을 하는 거야.

아니면 내 마음이 더러울 뿐인가.

"메구가, 없는 곳에서, 그런 짓을, 해 버렸으니까. 괜찮으려나, 해서."

"…괜찮을, 거야."

"정말로?"

"…아마도."

"그거, 안 괜찮을 때 하는 대답이지?"

"…그럼, 절대로."

너무나 말이 가볍다.

하지만 솔직히 이 이상은 불가능하다.

사실이 어떤지는 말할 수 없다.

적어도, 지금 여기서 내가 멋대로 판단할 문제는 아니다.

메구에게 협력하기로 결정한 이상, 메구에게 불이익이 갈 만한 행동은 어떻게 해서든 피해야 한다.

나나코 씨를 신용하지 않는 건 아니지만, 비밀은 비밀이다. 경솔하게 특례를 인정했다간 비밀을 공유하는 인간이 주체할 수 없을 만큼 늘어날 수도 있다. 절대로 들키지 않았으면 하는 상대한테까지 알려지게 된다.

그래서 나는 애매한 대답밖에 할 수 없다.

"메구는 어제 일, 알고 있어?"

"…일단, 이야기는, 했는데."

"반응이, 어땠어?"

"아, 그게."

재현 시작.

'즐거웠어?'

'나나코랑 둘만 있어서.'

'흐음─?'

재현 종료.

나나코 씨의 얼굴이 창백해졌다.

"료, 료타 씨, 역시 안 돼."

"아, 아냐, 그렇게 심각하게 받아들일 필요는 없어."

"어째서?"

"어째서, 냐니?"

"모르겠어. 료타 씨가, 어째서, 괜찮다고 생각하는지, 리얼충의 기준을, 나는, 전혀, 모르겠어."

나나코 씨는, 고개를 숙인 채로 힘없이 고개를 가로저었다.

"이젠, 포교활동, 할 수 없겠네."

"…어?"

"어제가, 처음이자 마지막이 되어버렸어."

"…그런 소리, 하지 마."

"그야, 무리야. 료타 씨는, 여친이 있는, 리얼충이니까."

시선을 들어 내 눈을 지그시 바라보았다.

그 눈동자에는 슬픔과 자조, 그리고 거절의 의사가 블렌드 되어 있었다.

내 눈동자에는 지금 어떤 감정이 담겨 있을까.

슬픔?

자조?

아니, 그런 게 아니다.

필사다.

아무튼 필사적이었다.

"무리 아니야."

"어째서?"

"무리가 아니니까, 무리가 아닌 거야."

"그런 게 허락되는 건, 2차원뿐이거든?"

그 즉시 비판이 날아왔다.

확실히 스스로도 지금 발언은 심했다고 생각한다. 수십 년쯤 전에 마구잡이로 난립했던 로봇 애니의 주인공이나 외칠, 정신론 미만의 헛소리다.

어째서 나는 이렇게까지 필사적인 걸까.

"…포교활동, 앞으로 25번이나 남아 있잖아."

"응. 못 해서, 아쉬워."

"…같이 보자고, 어제, 말했잖아."

"역시, 혼자서 볼게."

"…혼자서?"

"나, 혼자서 보는 거, 익숙하니까."

아, 그런가.

내가 필사적인 이유는,

"원래대로 돌아갈 뿐이야. 료타 씨가 오기 전으로."

원래대로 돌아가게 하고 싶지 않아서다.

방황하거나 폭주하는 하루하루를 보낸 끝에 간신히 도달한 '포교활동'이라는 답을, 한없이 이상향에 가까운 장소를, 놓고 싶지 않아서다. 잃고 싶지 않아서다.

그러니까, 어떻게 해서라도, 어떻게든 하려고 한다.

무슨 수를 써서라도, 무슨 수를 쓰려고 한다.

"…석 달이야."

"석 달?"

"일반론이지만, 어디까지나 일반론일 뿐이지만, 리얼충 커플이란 세 달 정도면 계약을 해제하는 경우가 많아."

비밀의 핵심에 닿지 않게 주의하면서.

어설프게 들은 이야기를 일반론으로 포장해 가면서.

"그러니까 나나코 씨가 생각하는 정도로 심각한 이야기가 아니야. 세 달 후에는, 메구가 내 여친이 아니게 될 가능성도 있어. 리얼충이란 기껏해야 그런 거고 오타쿠가 상상하는 판타지와는 거리가 멀거든. 그러니까."

"료타 씨."

말을 중간에 끊었다.

나나코 씨의 눈에는 어떤 감정도 드러나지 않았다.

방범 카메라처럼 무기질적인 시선이 그저 나를 포착하고 있었다.

"어째서, 지금, 그런 소리를, 하는 거야?"

"…어째서냐니."

"료타 씨한테, 메구는, 석 달 한정의 신부야?"

"…앗."

이제야 깨달았다.

내가 최악의 수를 두어 버렸다는 사실을.

'미코미를 사랑하는 마음은 석 달 한정입니까?'

'아, 아닙니다!'

'아플 때에도, 건강할 때에도, 미코미를 사랑하겠다고

맹세합니까?'

'매, 맹세합니다!'

바로 어제 그런 소리를 해 놓고. 석 달마다 끝나는 사랑을 단호하게 부정해 놓고.

그런 내가 지금은 정반대 소리를 하고 있잖아.

"역시, 무리야."

살짝 떨리는 목소리로, 나나코 씨가 중얼거렸다.

"석 달마다 신부가 바뀌는 사람한테, 포교활동을 해봐야, 의미가 없어."

최후통첩. 혹은 결별 선언.

나나코 씨는 나에게서 등을 돌리고, 계단을 한 걸음씩 내려갔다.

"…어디 가는 거야?"

"미술부 부실."

이쪽에서 등을 돌린 채로, 돌아보지도 않고.

"점심시간은, 아직 30분 남았으니까. 애니 1화 정도는 볼 수 있어."

"…잠깐만 기다려 줘, 이야기를."

"오지 마!"

한순간 말투가 거칠어졌다.

"앗, 미, 미안. 하지만, 료타 씨가, 오면, 안 된다는 기분이 들어."

표정은 보이지 않는다. 목소리는 떨리고 있다. 지금 화를 내는 건지 슬퍼하고 있는 건지, 나나코 씨 본인도 아마 모르지 않을까 라는 생각이 든다.

"료타 씨는, 리얼충이니까. 나 같은 오타쿠랑, 애니를 보면, 안 돼. 메구랑, 함께, 뭔가, 으음, 리얼충다운 일? 응. 스포츠라든가, 그런 걸, 하지 않으면, 안 돼."

"…조금 달라."

"스포츠 같은 거, 안 해? 그런가, 료타 씨는, 부활동을 안 하니까. 그럼, 으음, 리얼충이니까, 시부야? 하라주쿠? 그런 데에 가는 거야?"

"…그게 아니라."

"이, 이것도, 아니야? 난, 리얼충이, 어떤 일을 하는지, 전혀 모르거든. 아마도, 이미, 이래저래 늦었을 테니까, 그냥, 계속, 혼자 틀어박혀서, 아이돌 파이브를 보는 게 더 행복해. 에헤헤헤."

"…그러니까, 그런 게 아니라니까!"

자연스럽게 손이 뻗어 나왔다.

그리고 손을 잡았다.

"앗."

나나코 씨가 돌아보았다.

당장이라도, 5초 이내에, 울음을 터뜨릴 듯한 얼굴을 하고 있었다.

"…아무튼, 그런 게 아니야."

가뜩이나 커뮤니케이션 능력이 낮은 내가 메구의 비밀만은 어떻게든 지켜내려고 발버둥을 치다 보니 그야말로 엉망이다. 뭐가 좀 다른지, 뭐가 그런 게 아닌지, 제대로 설명할 수가 없다.

하지만 지금 나나코 씨의 입에서 계속해서 나오는 오타쿠적 자학 토크를 잠자코 듣고만 있을 수는 없었다. 이대로 떠나가는 뒷모습을 가만히 보고만 있을 수는 없었다.

"료, 료, 료타 씨."

"…응?"

나나코 씨의 상태가 이상하다.

얼굴이 새빨간 데다, 입을 뻐끔거리면서 시선을 몇 번이나 위아래로 움직인다. 위는 내 얼굴로, 아래는 내 손…이라고 할까, 우리의 손으로.

"하, 하, 하와와와."

"…으음."

깨달았다.

이건 남녀가 손을 잡는다는 중대 사안에 대한 반응이었다.

완전히 감각이 마비되어 있었지만, 리얼충이 아닌 고교

생에게 손을 잡는다는 건 결코 가벼운 의미가 아니다. 남자와 여자가 피부를 직접 맞대고 있으니. 거의 성행위다. 물리법칙이 조금만 다른 세계였다면 이미 임신 확정이다.

"햐아아아악!"

갑자기 나나코 씨가 소리쳤다. 팔을 붕붕 저으며 잡은 손을 뿌리쳤다. 계단 한가운데에서 그러다가 자세가 무너져 굴러떨어질 뻔해서, 나는 식은땀을 흘렸다.

"우왓! 위… 위험하잖아."

"료, 료, 료, 료."

나나코 씨의 눈이 핑글핑글 돌고 있다.

뭔가 말하려 했지만 아무것도 말할 수 없는 듯했다.

"…나나코 씨?"

대답도 없다.

그대로 수 초가 경과했을 때쯤, 나나코 씨는, 조용히 한 걸음, 두 걸음 물러나더니,

"으므므므으므므므!!!!"

"자, 잠깐만!"

다양한 감정이 뒤죽박죽으로 섞인 결과, 완전히 언어화에 실패한 목소리를 내면서 전력질주로 도망쳐 버렸다.

❖　❖　❖

어째서 이렇게 되었지?

어째서 이렇게 되는 거지?

혼자서 터벅터벅 교실로 돌아오는 도중에, 나는 머릿속
으로 자문자답을 반복하고 있었다.

나나코 씨를 쫓아갈 용기는 없었다. 어디로 갈지도 아니
까 쫓아 뛰어가면 되었겠지만 그럴 수 없었다.

쫓아가서 어쩌려고?

이 사태를 수습할 수 있나?

행동하지 않는 이유, 행동하지 못하는 이유, 그런 것만
잔뜩 떠올라 다리가 뻣뻣하게 굳어 있었다.

문득 든 생각인데.

그런 상황에서 일단 뛸 수 있어야 리얼충일 것이다.

리얼충은 어려운 일을 생각하지 않는다.

리얼충은 미래의 일을 고민하지 않는다.

만약 내가 리얼충이었다면 망설이지 않고 쫓아가서 나
나코 씨가 부실에 들어가기 직전에 따라잡아, 벽을 쾅 한
후에 턱을 딱 잡아 아무런 맥락도 없이 입술을 빼앗고, 별
다른 근거도 없이 영원한 사랑 따위를 나불대면, '엔다아
아아아아~~~~~~이야~~~~~~' 같은 BGM이 흐를
것이다.

…조금 오버했나?

아니, 그렇지 않다.

리얼충은 거기에 가까운 삶을 살고 있다.

석 달짜리 사랑을 영원하다고 선언하는 데에 조금도 주저하지 않는 신경을 가지고 있다.

아니, 하여간, 리얼충은 엄청난 생물이다.

그런데 내가 어디를 봐서 리얼충이라는 거야.

전혀 그렇지 않잖아.

리얼충이 아닌데, 리얼충이라는 오해를 받아도 반론도 하지 못하고 그 결과 소중한 것도 잃어버렸다. 포교활동할 가치조차 없는 인간으로 판단 당해버렸다.

어떻게 하는 게 좋았을까?

어떻게 하면 되는 거지?

혼란에 빠진 머리로 명쾌한 답이 나올 리도 없다.

걸으면서 자동판매기에서 산 콜라로 목을 축여 보았지만, 이제는 전혀 만족이 되지 않았다.

2학년 4반 교실로 돌아온 직후에.

2학년 4반이 아닌 오타쿠 남자와 눈이 마주쳤다.

"우왓?!"

야기우 씨였다.

옆구리에 낀 건 조금 야한 모습을 한 제6돌격대의 베른. 바로 그 다키마쿠라였다.

"카나메 씨. 큰일이다. 저기에 우리의 천적이 있다 아이가."

"어? 아, 진짜네. 리얼충님이시네~☆"

"단순한 리얼충이 아니데이. 전직 오타쿠였던 리얼충이니까 배신자다 아이가."

"배신자한테는 역시 피의 숙청이 마땅하지 않겠소?"

"마, 그라모, 점마, 오늘 죽는 거 아이가."

"어떡하지, 야기우 씨? 처분할까? 처분할까?"

"폭발이데이."

"폭발해라~☆"

"…아, 저기, 다 들리는데."

목소리를 낮추는 시늉은 하지만, 어떻게 해석해도 나한테 들리지 않도록 조심하는 것 같지는 않다. 입 닥치란 말까지는 하지 않을 테니까 조금 조용히 해주면 안 될까. 나는 가뜩이나 정신적으로 꽤 몰려 있단 말이야.

"료타 씨, 오랜만이다 아이가."

"…아, 응, 오랜…만?"

확실히 OTA단을 그만둔 후로 야기우 씨랑 대화한 기억은 없지만.

"반이 바뀐 이후로 가끔 이 교실에 오지 않았어?"

"오기는 했는데, 료타 씨가 있는지 몰랐다 아이가. 미안하데이."

"…어, 몰랐어?"

"헤어스타일도 그렇고, 싹 바뀌었다 아이가. 마, 이쯤 되면 그냥 다른 사람이데이."

아, 과연.

1학년 때…라고 할까, 저번 주 금요일까지는 야겜 주인공 같은 찰랑찰랑 헤어였으니까. 거기서 뽀글뽀글 헤어의 시대를 거쳐 무스와 왁스와 스프레이로 단단하게 세팅한 리얼충 헤어로 간신히 안착한 상황이다.

"아무튼 아까 소문은 들었데이. 료타 씨, 리얼충 되었담서?"

"…아, 그게, 으음."

"오오, 겸손인가? 그런 즉꼴 날라리의 남친이면서, 야레야레, 난 나쁜 리얼충이 아니야! 라고? 이거 참 큰일이데이."

즉꼴이라는 단어의 의미는 모르겠지만, 뉘앙스는 어렴풋하게 이해했다.

그런 대화는 하는 도중에 당사자가 나타났다.

"혹시, 나 얘기하는 거야?"

"흐억?!"

"날라리 어쩌고 하는 소리가 들렸는데."

"어, 아, 그, 그게."

메구가 다가오자마자 야기우 씨는 너무나 쉽게 알 수 있을 만큼 안절부절못하기 시작했다.

"그보다, 나는 별로 날라리 스타일도 아니잖아?"

"그런…가?"

긍정하기도 부정하기도 힘든 질문을 받아 나는 애매하게 말을 흐렸다.

리얼충이 상정하는 '날라리 스타일'과 오타쿠가 상정하는 '날라리 스타일'은 의미하는 레벨이 워낙 다른 데다, 애초에 야기우 씨의 발언에는 아예 그런 의미가 있지도 않았을 테니까. 아, 어렵다, 일본어.

"아, 그게, 딱히, 이상한 의미는 없었지만서도, 기분이 상했다면, 으음, 정말, 미안하데이."

야기우 씨는 고개를 꾸벅꾸벅 숙이면서 슬금슬금 뒷걸음질쳤다.

"나, 뭔가 나쁜 짓 했어?"

"…메구한테는 아무런 책임 없다고 생각해."

내가 메구를 감싸는 동안, 저쪽에서는 오타히메가 야기우 씨를 위로하고 있었다.

"【비보】 나, 사회적으로 사망."

"일설에 따르면 사회적으로는 처음부터 사망해 있었다는~☆"

"뭐…라고?!"

"한번 생각해 볼래? 야기우 씨는 지금 베른쨔옹의 다키마쿠라와 함께 다니고 있잖아? 리얼충님들한테는 이 시점에서 이미 돼지우리의 돼지나 마찬가지인 존재 아니겠어?"

"화, 확실히….."

"리얼충님들의 호감도는 어차피 더 낮아질 게 없으니, 안심하고 반사도를 연마하도록 하시오!"

"글타. 내는, 베른과 함께, 반사회적으로 살 거데이….."

"「잊지 말아 줘. 너는 혼자 싸우는 게 아니야. 너와 나는 일련탁생」이니까."

"흐아아아아압!!"

"으오오오오오!!"

"존귀하다…, 존귀해…!!"

반코네의 대사인 듯한 한마디를 오타히메가 입에 담은 순간, 야기우 씨뿐 아니라 상황을 보던 다른 오타쿠 남자들도 기성을 지르며 난리를 피우기 시작했다. 참고로 다들 이 반 학생들이 아니다. 좀 돌아가 주면 좋겠는데.

"카나메 씨 최고데이! 역시 리얼충 따위는 배려할 필요 없다 아이가!"

"맞아, 맞아~☆"

오타히메는 야기우 씨 반대편에서 다키마쿠라에 가만히 다가갔다.

"야기우 씨는 이런 아이템을 사 버릴 정도로 인생을 포기한 광팬이니까. 저쪽 사정 같은 건 영원히 생각하지 않아도 되잖아? 야기우 씨는, 나랑 마찬가지로, 이쪽 인간이지?"

"오, 오, 오오오…."

야기우 씨의 몸이 덜덜 떨리고 있다.

당장이라도 코피를 쏟을 것 같은 얼굴이다.

다키마쿠라 너머로 전해져오는 오타히메의 보이스가 장절한 효과를 발휘한 듯했다.

"흐음-?"

옆에서 메구의 작은 목소리가 들렸다.

OTA단의 시끌벅적 대화극을 평소와 다름없는 졸린 눈으로 가만히 바라보고 있다.

"료타."

"…응."

"교실이 조금… 소란스럽네."

"…그러게."

"점심은 다른 곳에서 먹을까?"

"…찬성."

커플 관계가 모두에게 들킨 첫날인 만큼 어느 정도 노이즈는 각오했지만, 역시 이건 조금 괴로웠다. 리얼충 사이드보다 오타쿠 사이드가 더 성가실 거라고는 예상하지 못했다.

오른쪽에는 마시던 콜라, 왼손에는 아직 열지 않은 도시락 상자.

빨리 교실을 빠져나가서 밥을 먹어야지, 어디서 먹을까, 라고 생각했을 때.

"그런데 료타 씨~☆"

오타히메가 나에게 말을 걸었다.

아마 OTA단을 그만둔 후 처음으로. 아홉 달만의 일이다.

야기우 씨와 달리 오타히메는 2학년 4반 소속이니 이 반에 내가 있다는 사실 정도는 인식하고 있다. 하지만 새 학년이 시작되고 약 일주일이 지났는데도 나와는 한 마디도 대화하지 않았다. 오히려 무시당하고 있다는 분위기마저 있었다.

그런데 이런 타이밍에 갑자기?

그야 오늘의 나는 그야말로 학급 내 화제의 중심에 있으니까. 놀랄 일까지는 아니겠지만.

"…으음, 왜?"

"윽, 아차! 눈부셔! 리얼충 오라가 눈부셔! 리얼충님과 대면하면 대화를 할 수 없다는 내 설정을 잊고 있었어!"

"…뭐?"

자기가 말을 걸었으면서 무슨 소리를 늘어놓고 있냐.

한 대 때리고 싶다, 저 실실 쪼개는 얼굴.

"그런 관계로, 커뮤니케이션 장애인 나는 BINE에 의존~☆"

오타히메는 자신의 스마트폰을 꺼내어, 눈앞에서 조작하기 시작했다.

수 초 후, 내 스마트폰에서 착신음이 울렸다.

의도를 읽을 수가 없다.

일단 떨떠름하게 보내어진 메시지를 확인해 보니,

{카나메@OTA단 : 미술부에서 뭐 했어?}

나는 경직되었다.

오타히메는 검지를 입가에 댄 수수께끼의 귀여운 포즈로, 왼쪽 대각선 45도 각도에서 내 얼굴을 올려다보고 있었다. 깜빡깜빡, 깜빡깜빡, 연기하듯 눈을 움직이면서.

그리고, 그대로 보지도 않고 화면을 조작했다.

{카나메@OTA단 : 양다리?}

추격타가 날아왔다.

위험하다.

동요하고 있다는 사실을 들키면 안 된다.

직감적으로, 순간적으로 그렇게 판단했다.

"…아, 아니야, 그런 건 아니고."

"오옷? 오옷? 오오옷?"

빼꼼, 빼꼼, 빼꼼.

귀여울 뿐이고 별다른 의미는 없는 움직임.

굳이 말하자면 도발인가.

"…아니, 정말로 아니라니까. 메구도 알고 있으니까."

"호오~☆"

날카로운 시선이 메구에게 향했다.

오타히메는 전체적으로 웃는 표정이었지만, 눈만은 전혀 웃음기가 없었다.

"…메구, 가자."

무시하고 걸음을 옮겼다.

성가신 일들을 생각할 여유는 없다.

아무튼 지금은 여기서 이탈하고 싶다.

❖　❖　❖

어째서 이렇게 되었지?

어째서 이렇게 되는 거지?

둘이서 정신없이 계단을 내려가면서, 머릿속으로 자문자답을 반복하고 있었다.

그 이상은 오타히메에게 반론할 수 없었다. 혼란스러운 머리를 쥐어짜내 무리해서 말했다간 꼭 지켜야 하는 비밀, 끝까지 밀어붙여야 하는 거짓말이 감자 캐내듯 줄줄이 다 들킬 것 같았으니까.

물론 이대로 유야무야 넘어갈 수는 없겠지.

오타히메를 납득시킬 수 있는 설명이 필요하다.

어디서 봤는지는 모르겠지만, 어제 방과 후에 나나코 씨와 함께 있던 모습을 목격한 게 분명하다.

그리고 바로 다음 날, 나와 메구가 사귄다는 사실을 발표했으니.

위화감을 갖는 것도 당연하다.

하지만 하필이면 오타히메라니.

미술부 부실에서 무엇을 했는지 절대로 말해서는 안 되는 상대다.

어떻게 설명해야 하지?

전혀 모르겠다.

그리고 무섭다.

아까부터 오타히메에게 정체 모를 공포를 느끼고 있었다.

이 공포가 사고를 저해하고 있다는 건 명백해서, 그래서 나는 조금이라도 떨어진 장소로 도망치고 싶었다.

"료타. 우리, 어디로 가고 있는 거야?"

"…어?"

갑자기 제정신으로 돌아왔다.

제대로 된 목적지도 없이 이리저리 왔다갔다, 교내를 정처 없이 걷고 있었다. 나 혼자라면 모를까, 함께 움직여야 하는 메구는 상당히 곤욕스러웠을 것이다.

"…아, 미, 미안해."

"오타쿠라가 뭐라고 했어?"

"…아니, 딱히, 아무것도."

"나한테는 알려주면 안 되는 일이야?"

"…으음, 그게."

진정하자, 제발.

왜 지금 말을 흐리려고 했을까?

내가 진짜로 리얼충이고, 내가 진짜로 메구의 남친이고, 내가 진짜로 나나코 씨랑 양다리를 걸쳤다면 그야 확실히 알려줄 수 없겠지만.

하지만 그렇지 않잖아.

전제조건에 맞는 게 하나도 없잖아.

진실과 허구가 머릿속에서 뒤죽박죽으로 섞여 있다.

아아, 이젠 틀렸어. 나 혼자만으로는 이 상황을 제대로 처리할 수 없다.

"…메구."

계단에서 멈춰 선 리얼충 여자 외 1명.

메구는 아무 말도 하지 않는다.

내가 말하기를 기다리고 있다.

그러니, 지금은 내가 입을 열어야만 한다.

"…내가, 어떻게 해야 되는 걸까? 어떻게 해야 좋을지,

나는, 전혀, 모르겠어."

"아마 오타쿠라는 나나코한테도 똑같은 소리를 하지 않았을까 싶어."

점심시간에 있었던 일을 전체적으로 공유하고 나자, 메구가 그런 추론을 이끌어냈다.

똑같은 소리라는 건 BINE 메시지인 '양다리?'다.

보더라도 곤란할 만한 로그는 아무것도 없으니까, 나는 내 스마트폰을 메구에게 건네 오타히메의 발언을 직접 읽게 해주었다.

"…그렇구나. 그래서 아까 태도가 그랬구나."

"아-, 하지만 나나코의 성격을 생각하면, 그런 거랑 상관없이 우리를 배려했던 걸지도. 나나코한테는 사실을 미리 말할 걸 그랬네."

"…말해도 괜찮았던 거야?"

"음-, 나나코한테라면, 말해버려도 괜찮지 않을까?"

"기, 기준은?"

"우리도 나나코의 비밀을 들었잖아. 그것도 꽤 억지로 밀어붙여서."

알 것 같기도 하고 모를 것 같기도 하지만.

아무튼 메구의 판단기준을 점심시간 전에 확인해 두었다면 그렇게 대화가 꼬일 일도 없었을 테고, 정신적 피로로 녹초가 될 일도 없었을 것이다.

그래도 지금은 확인을 완료했다.

아마 리커버리도 가능할 것이다.

"내가… 혹시 단순한 문제를 괜히 어렵게 생각했던 걸까. 지금이라도 나나코 씨한테 전부 말해 버리면 되겠네."

어깨의 힘이 쭉 빠진다.

뇌에 산소가 돈다.

나나코 씨한테까지 거짓말을 할 이유는 없다.

나나코 씨 앞에서는, 미술부 부실에서는, 리얼충이 아니어도 된다.

내가 리얼충이어야 하는 건 오타히메나 마키마키나 키노모토와 같은 사람들, 쉽게 말해 나나코 씨도 메구도 아니라 언제나 안색을 살펴야 하는 대상뿐이다.

"오타쿠라한테는 어떻게 설명할 생각이야?"

"오타히… 카나메 씨한테는, 양다리 의혹을 당당하게 부정해 주겠어. 메구한테 비밀로 하고 몰래 그쪽이랑 놀았다고 생각하는 거잖아? 그러니까 그런 게 아니라 메구와도 사정을 공유하고 있고, 너희 둘끼리도 사이가 좋아서 월요일 방과 후에도 셋이 함께 있었다고 말한다면 끝나는 문제 아닐까?"

해결책이 술술 떠오른다.

그야 오타히메의 시점으로는, 나는 리얼충일 테니까.

여자 둘과 함께 미술부 부실에 있다. 여자 둘과 차례차례로 노래방에서 하이파이브를 한다. 같은 행위도 부자연스럽지 않은 생물이니까.

어렵게 생각할 필요는 없다.

지극히 단순한 이야기다.

"그렇게 단순한 문제는 아니라고 생각해."

"……어?"

마음이 풀어지려던 나에게, 눈을 뜨라고 말하는 듯이 메구가 지적하기 시작했다.

"오타쿠라한테 료타가 정말로 양다리를 걸쳤는지 어떤지는 아마 큰 관심사가 아닐 거야. 나를 위해서 화내줄 이유도 없고."

"…그럼 이 BINE은?"

"오타쿠라 씨가 싫어하는 건, 나나코가 자신이 모르는 곳에서 자신이랑 친하지 않은 누군가와 친하게 지내는 게 아닐까."

엄청난 수의 물음표가 머릿속에 어지럽게 생겨났다.

그게 뭐야.

손톱만큼도 납득이 안 가는데.

"잘 모르는 사람을, 인상만으로 단정하는 건 사실 좋은 행동이 아니지만."

시선을 손으로 내리깔면서, 조금 주저하는 듯한 동작을

보이며 메구는 말했다.

"그 사람, 조금 무서울지도 모르겠네."

"…무섭다고?"

"그보다, 닮았어. 중학교 때 나를 제일 싫어했던 애랑."

"…그건, 즉."

이지메의 주범을 뜻한다.

어제 중학교 시절의 사정을 듣고 굳이 깊게 물어보려고는 하지 않았다. 결코 즐거운 이야기는 아닐 테고 여러 의미에서 그럴 만한 상황도 아니었으니.

그러니 자세한 사정은 모르지만.

내가 아는 범위에서 정보를 정리해 본다면.

메구에게 남친이 생겼다는 이유로 메구의 '적'이 되어, 자신뿐 아니라 여자 모두를 '적' 진영에 끌어들여 메구의 중학교 생활을 비참하게 바꿔 버렸다.

그런 인간이다.

그런 인간과 오타히메가, 메구에게는 겹쳐 보이는 부분이 있는 모양이다.

"주위 사람들이 자신의 생각대로 움직여주지 않으면 기분이 안 풀린다고 할까."

"…으음, 그건."

"무리의 중심에서 자신만 떠받들어지는 상태를 유지하고 싶어한다고 할까."

"앗, 그건 그래."

처음에는 잘 와 닿지 않았지만, 그제야 이해가 갔다.

그건 그야말로 오타히메다.

"학생회 선거에서 처음 봤을 때부터 왠지 그런 분위기가 느껴졌거든. 주위에 있는 남자 모두가 자신을 응원해 준다. 그 상황을 만들어내기 위해서라면 뭐든 할 수 있다는 분위기."

그 지옥도가 상기되었다.

오타히메를 호위하듯 둘러싸고서 선거 활동을 전력으로 서포트하는 OTA단 남자부원들.

오타히메에게 학생회장 당선 여부는 큰 관심사가 아니었을지도 모른다. 선거 활동을 통해 OTA단의 결속, 아니, '무리의 중심에서 자신만 떠받들어지는 상태'를 강화하는 게 무엇보다 중요했을지도.

"오티에이 단 말인데, 혹시 여자부원의 수가 극단적으로 적지 않아?"

"으, 응. 1학년은 어떤지 모르겠지만, 2학년 이상은 나나코 씨랑 카나메 씨 둘밖에 없어."

"그리고 내가 보기에 남자들의 인기는 압도적으로 오타쿠라한테 쏠려 있는 것 같던데?"

"뭐, 그건 네가 본 대로야."

"그런 성격인 사람이 그런 상황이 되었으니, 아마 나나코를 마음껏 자기 아랫사람 취급할 거야."

"아, 아랫사람?"

"료타가 보기에, 그런 느낌 안 들었어?"

"…안 드는, 것도, 아니었지만."

OTA단에서는 오타히메가 주연이고 나나코 씨가 조연이다.

2학년 4반 교실에서 떠들어대는 모습을 객관적으로 지켜보면 확실히 그런 느낌이었을지도 모른다.

내가 OTA단의 일원이었을 때는 그보다 평화적이고 대등한 관계였던 걸로 기억하는데.

지난 아홉 달 동안, 파워 밸런스가 바뀐 걸까.

아니면 예전부터 그랬는데 내가 둔감해서 눈치채지 못했을 뿐일까.

"료타가 오타쿠라랑 대화할 때 내 이름이 잠깐 나왔잖아? 순간적으로 눈이 마주쳤는데, 상당히 위험한 오라가 느껴지더라. 자기보다 급이 낮다고 생각했던 여자가 자신이 모르는 곳에서 료타나 나랑 친분을 쌓다니, 짜증난다, 죽여버리겠어, 라는 느낌이었어."

"…꽤 제멋대로인 이야기네."

"여자란 원래 그래."

달관한 듯한 말투로 메구가 잘라 말했다.

"나나코의 태도는 이래저래 이상한 부분이 많았잖아?

료타도 나도, 처음에는 이상할 정도로 거부당했잖아. 이 이상 상관하지 않는 편이 낫다는 식의 소리도 듣고."

학원 이능배틀의 히로인이 1화에서 할 것 같은 대사.

나도 메구도, 다른 장소에서 같은 말을 들었다.

"물론 그때는 미술부의 비밀이 밝혀지면 죽는다는 마음이 컸을 거라고 생각하지만. 그 이전에, 우리와 사이좋게 지내기만 해도 오타쿠라한테는 아웃이라는 걸 알았던 게 아닐까?"

"카나메 씨를 경계했던 거…구나."

"응, 상당히, 경계했을 거야."

그 태도는 지금도 바뀌지 않았으리라.

메구를 경계할 필요가 없더라도 오타히메를 경계해야 하기 때문에, 나나코 씨의 결론은 달라지지 않는다.

'이젠, 포교 활동, 할 수 없겠네.'

'어제가, 처음이자 마지막이 되어버렸어.'

'그야, 무리야. 료타 씨는, 여친이 있는, 리얼충이니까.'

지금이 얼마나 사면초가인 상태인지 깨닫고 나는 그저 절망했다.

정말로 어쩔 도리가 없다.

희미한 희망을 발견했다는 기분이 들어도, 다음 순간에 앞을 가로막는 이중 삼중의 장벽이 나타난다.

분위기를 읽어라.

가면을 써라.

입장을 가려서 생각해라.

마치 정체불명의 거대한 힘에 그렇게 유도당하는 듯하다.

"…어째서, 냐고."

너무 화가 난다.

무엇에 대해 화가 나는지는 잘 모르겠지만, 아무튼 화가 났다.

"…어째서, 왜 이렇게, 귀찮은 일들이 많은 거야."

속마음과 태도를 나누고, 거짓말을 거짓말로 덮는 고교 생활.

미묘한 파워 밸런스를 유지하는 것이 무엇보다도 우선시되는 날들.

대체 이것들이 다 뭘까.

조금만 방심하면 금세 끝없는 자기문답에 빠지는 내가 이번에도 끝없는 자기문답으로 끌려들어가려는 그 순간,

"료타는, 거짓말을 하지 못하는 사람이구나."

마음을 꿰뚫어본 것처럼 메구가 내 본질에 대해 말했다.

"…어?"

"오늘 내내 함께 있으면서 그런 생각이 많이 들었어."

"…그, 그런…가?"

"나는 거짓말을 못하는 사람한테 거짓말을 하게 만들었구나. 너무 나빴지."

"…아니, 그렇지는….."

"미안한 짓을 하고 있다는 자각은 있어. 료타는 상냥하고 착하고, 내 편이 되어 주는 사람이야. 그걸 알고서 어리광을 부리는 거야. 하지만 나한테는 그 방법밖에 떠오르지 않았어. 거짓말로 그 자리만 어찌어찌 모면하고 은근슬쩍 평화로운 느낌으로 만든다는 방법밖에 없었거든. 내 인생에서 잘 해냈던 건, 그것뿐이니까."

마지막 한마디에서, 바닥 모를 무게감이 느껴졌다.

메구의 인생에 대해 내가 아는 것은 많지 않다.

하지만 거기에는 어떤 식으로든 확신이 있을 것이다.

15년 이상 살았으니, 자신은 어떤 존재이고 어떤 존재가 아닌지, 무엇을 위해서 태어났고 무엇을 하며 사는지 슬슬 결론이 보이기도 할 것이다.

"하지만 그러는 바람에 상황이 너무 이상해져 버린 것 같아. 료타뿐 아니라 나나코한테까지 피해를 줬어. 이런 걸 세 달이나 유지한다는 건 절대로 불가능할 거야. 오늘 아침에도 말했지만, 만약 료타가 싫다고 말한다면 곧바로 끝낼게."

그다지 여유가 없는 표정으로 메구가 내 얼굴을 바라보았다.

솔직히 조금이기는 해도 나는 망설였다.

메구의 남친이 아니게 된다면 동시에 리얼충도 아니게 되고, 즉 지금 안고 있는 문제가 전부 흔적도 없이, 먼지 한 톨 안 남기고 해결된다는 뜻이잖아?

그런 싸구려 낙관론으로 기울어가고 있었다.

그래서 아무런 대답도 할 수 없었다.

어색한 침묵이 흘렀다.

그걸 깨버린 건 BINE의 착신음이었다.

"앗."

내 스마트폰이었다.

그러고 보니 아까 메구한테 건네준 이후로 아직까지 받지 않았다.

"료타, 이거."

화면으로 시선을 내린 순간, 메구의 안색이 변했다.

그 메시지를 본 순간, 아마 내 안색도 변했을 것이다.

{나나코@OTA단 : 구해줘}

❖   ❖   ❖

미술부 부실은 지하 2층 제일 안쪽에 있다.

나나코 씨는 지금 그 안에 틀어박혀 있다.

"나나코 씨~☆"

부실 앞에 오타히메가 와 있기 때문이다.

"나 화 안 났다? 미술부 부원을 모으느라 바쁘다고 핑계 대고 OTA단 활동도 빼먹은 주제에, 사실은 권유나 모집따 위 전혀 안 하고 리얼충님들과 놀았다는 건 오타쿠에 대한 중대한 배신행위라고 생각하지만, 나는 화 안 났다?"

말에 가시가 있다는 수준을 한참 넘어선 엄청난 압박이었다.

복도 모퉁이에서 오타히메의 뒷모습을 엿보는 것만으로도 등줄기가 얼어붙었다. 문을 사이에 두고 공방전을 벌이는 나나코 씨는 어떤 심경일까.

"그러니까 일단, 잠긴 문 좀 열 · 어 · 줄 · 래?"

"그, 그건, 조금, 무리라서."

"오옷? 오옷? 오옷? 리얼충님들은 들여보내줬으면서, 나 같은 오타쿠는 못 들여보내준다는 거야?"

"으음, 그, 그건, 그거언⋯."

"아, 그래! 알았어, 알았다구! 나나코 씨가 그렇게 나온 다면 나도 거기에 맞는 태도를 취해도 되지? 학생회장의 권한을 우습게 생각하면 곤란하거든?"

오타히메가 두 손을 허리에 대고 당당하게 선 자세를 취했다.

애니에 등장하는 학생회장들이 흔히 취하는 포즈로, 애

니에 등장하는 학생회장이나 할 법한 대사를 문에 대고 기세 좋게 발사했다.

"내가 진지하게 움직이면, 미술부 따위는 당장이라도 폐부시킬 수 있으니까~☆"

그렇다.

그런 것이다.

오타히메의 발언은 나나코 씨가 보낸 BINE의 내용과도 일치한다. 적어도 둘 사이에는 그런 식으로 되어 있는 모양이었다.

지금으로부터 3분쯤 전에 첫 메시지를 받은 우리는 복잡한 이야기는 일단 미뤄두고 황급히 지하 2층으로 향했다. 가는 도중에도 몇 번쯤 메시지가 와서, 단편적인 정보이기는 해도 점차 상황을 파악할 수 있었다.

…요약하자면.

한참 전부터 미술부는 오타히메에게 '부탁해서', '허락을 받아' 존속 되고 있는 상황이었다.

부원을 몇 명 모으라든가 수상경력이 필요하다든가 하는 구체적인 조건이 있는 게 아니라, 오타히메 개인의 기분을 상하게 하면 아웃이라는 외줄타기였다.

이번에는 다양한 요소가 겹쳐서 오타히메를 화나게 하

고 말았다.

그런 식으로 되어 있는 모양이었다.

"나도 잘 알지는 못하지만, 학생회장이 그런 일도 할 수 있어? 그런 강력한 권한, 없지 않아?"

메구가 목소리를 낮춰 나에게 물었다.

당연한 의문이다.

일반론으로는 어떻게 생각해도 전제조건이 이상하다. 일반 고등학교의 학생회장에게 제멋대로 휘두를 수 있는 강력한 권한 따위가 있을 리 없다.

하지만 나는 어쩐지 이해할 수 있었다.

나나코 씨와 오타히메 사이에 어떤 논리가 작용하고 있는지.

"실제로는 당연히 불가능할 거야. 하지만 오타쿠들 사이에서는 학생회장은 절대권력자라는 게 상식이거든. 교칙 따위는 완전히 무시할 수 있고, 부 하나쯤은 우습게 없앨 수 있다는 게 기본 설정이야."

"어, 의미를 모르겠는데. 오타쿠의 상식이 그렇다고 해도 실제로 못 하는 일은 못 하잖아."

"좁은 세계에서는, 정의도 정론도 전부 '분위기'에 따라 달라지는 법이니까."

예를 들면 9개월 전.

아이돌 파이브의 원반매체를 태우는 게 오타쿠에게는

정의였다. 과격한 안티일수록 강하고 우월하다는 풍조가 심할 정도로 지배적이었다.

목소리는 목에서 나오는 거지 처녀막에서 나오는 게 아니다.

그런 정론을 말해 봐야 압도적인 동조압력 앞에서 무슨 의미가 있을까.

"이 녀석은 강하다. 이 녀석은 대단하다. 이 녀석에게는 거역할 수 없다. 그런 공통인식이 있다면 원래는 못 하는 일도 할 수 있게 되어버리지. 그런 권한이 없어도, 왠지 모르게 폐부할 수밖에 없다는 '분위기'가 되버려. 그리고 그 결과가 지금 보는 대로고."

"그런가. 응. 점점 이해가 가."

"…중학교 때 메구를 제일 싫어했던 사람도 그런 '분위기'를 만드는 데에 능숙하지 않았어?"

메구는 대답하지 않았지만 표정이 모든 것을 말해주었다.

중학교 때 메구가 맛본 상실감은 분명 내가 상상도 할 수 없을 것이다.

그렇기에 나나코 씨를 걱정하는 거겠지.

자신과 같은 기분을 맛보게 하고 싶지 않겠지.

그건 물론 나도 마찬가지다.

'미코미는 사라지지 않아. 내가, 계속해서 지킬 거야.'

'그러니까, 여기서, 굿즈도 계속해서 모으고 있고, 그림도 계속해서 그리고 있어.'

나나코 씨에게 미술부 부실이 얼마나 소중한 장소인지.

나는 다른 누구보다도, 심지어 커뮤니케이션 능력이 압도적으로 높은 메구보다도 더 잘 안다고 생각한다.

'내가, 아직도, 미코미가 좋아! 같은 소리를 하면 난리가 날 거야. 옹호했다간, 그럼 너도 처녀막에서 목소리가 안 나오겠네? 라는 소리를 듣게 될 거야.'

OTA단에서는 속마음을 말하지 못하게 되고.

패권의 편에 서는 일밖에 허락되지 않게 되어서.

잠복 크리스찬처럼 대량의 우상(피규어)을 이끌고 홀로 도망쳐 들어온 마지막 성역.

'응. 알고 있었어. 료타 씨만, 그 사건 이후로도 돌파이버렸으니까, 그래서, OTA단에는, 있을 수 없게 되었어.'

같은 타이밍에, 나는 다른 길을 선택해 버렸다.

나나코 씨와 같은 길을 선택할 수도 있었을 텐데.

그랬다면 잠복 크리스찬이 둘로 늘어서 지난 9개월 동안 조금 더 즐거운 고교 생활을 보낼 수 있었을 텐데.

'…오랜만, 이야.'

'…료타 씨여서 다행이야.'

너무 멀리 돌아왔다.

나나코 씨의 속마음을 파악해 보려고도 하지 않고, 자신의 속마음만 주위에 내세워 봐야 사태가 호전될 리도 없다. 그걸로는 결국 누구도 행복해지지 않는다.

'난, 좋아해. 정말, 정말로… 정말 많이 좋아해.'

정말로 소중한 것을 지키기 위해서라면.

분명, 거짓말을 해야만 하는 때도 있다.

"쓸데없는 저항은 그만두고, 얌전히 나오도록 해～☆"

"그, 그만, 문 두드리지, 말아 줘."

지금 나나코 씨는 마지막 성역을 지키기 위해 싸우고 있다.

15분쯤 전에 다시는 오지 말라고 외친 상대에게, 도움을 요청하지 않으면 안 될 정도로 궁지에 몰려 있다.

솔직히 조금 기뻤다.

이 상황에서 나에게 의지해 주었다는 사실이.

물론 이런저런 오해를 받은 상태이고 나에 대한 신뢰가 회복되지도 않았겠지만, 설명은 나중으로 미루고.

괜찮다.

방법은 있다.

여기까지 오는 3분 동안 필사적으로 생각했다.

급조한 방법이라는 느낌은 지울 수 없지만, 갑작스러운 아이디어치고는 결코 나쁘지 않다고 생각한다.

이제부터는 각오의 문제다.

"…메구, 하나만 질문하자."

간단한 연극을 시작하자.

내가 나 자신에게 각오를 심어주기 위한.

"중학교 때랑, 고등학교에 들어온 이후랑, 어느 쪽이 더 즐거워?"

"응? 갑자기 무슨 소리야?"

"대답해 줘. 부탁해."

"으음−, 그건, 물론, 지금이 즐거운데."

"…그렇겠지."

대답을 뻔히 아는 질문은 짜고 치는 연극에 불과하다.

하지만 나는 메구의 입으로 꼭 그 말을 들을 필요가 있었다.

누구에게도 미움받지 않기 위해, 한 명도 적을 만들지 않기 위해 메구는 이 학교를 다니는 내내 거짓말을 해 왔다.

아마 그건 상상을 초월하는 가시밭길이었을 것이다.

…하지만.

지금 고등학교 생활이 즐겁다고 망설임 없이 대답할 수 있다면.

메구가 해온 행동은 절대적으로 옳다.

…그리고.

예전 중학교 생활이 즐겁지 않았다고 단언할 수 있다면.

지금 나나코 씨가 비슷한 상황에 몰려 있다면.

내가 하려는 일도, 분명, 절대적으로 옳다.

"저기, 메구. 난 네 남자친구지?"

"으, 응. 그치. 료타가, 딱히, 싫지 않다면."

"그럼 이건 일반론인데. 으…, 으음, 어디까지나 일반적으로 우리 같은 사이라면, 시부야의 러브호텔 같은 데… 가기도 하지?"

"어? 아, 아니, 안 가. 나 그런 경험 없어."

"간다고, 오타쿠의 뇌내 망상에서는!"

메구의 목소리가 처녀막에서 나온다는 건 물론 알고있지만, 내 망상 속에선 일찌감치 첫 경험을 끝마쳤고, 상대는 물론 나고, 이제 곧 첫째가 태어날 예정인데, 그리고 이런 때에 진실따위 어찌 되든 알 바 아니다.

"…아까 떠올린 게 있거든. 나나코 씨를 위해서 메구도 협력해 주면 좋겠어."

메구의 표정이 굳었다.

장난도 아니고 단순한 의미불명 헛소리도 아닌, 내가 나름대로 진지하다는 건 이해해 주었을 것이다.

❖　❖　❖

"카나메 씨. 거기서 뭘 하고 있어?"

내가 등 뒤에서 말을 걸자 오타히메는 움직임을 딱 멈추었다.

수 초 정도 시간이 지난 후에야 이쪽을 돌아보고,

"앗, 리얼충님이시네~☆"

방긋방긋 웃었다.

아마 이 표정을 만드느라 몇 초 정도 시간이 필요했나 보네.

"나나코 씨? 리얼충님들께서 오늘도 놀러 오셨다구? 역시 대단하네! 우리가 하지 못하는 일을 태연하게 해내버리네! 그런 면이 짜릿해~ 동경하겠어~☆"

문 너머로 부추김과 도발을 퍼붓는다.

노골적으로 드러낸 악의는, 명백하게 나도 메구도 아닌 나나코 씨를 향하고 있었다.

과연.

메구의 예상은 정확했다.

내 양다리 의혹은 구실일 뿐이었다. 메구를 위해서 화내줄 이유도 없다. 나나코 씨가 여전히 자신보다 급이 낮은 채인지, 아니면 자신을 배신하고 리얼충 쪽에 붙은 건지, 그것만이 오타히메의 관심사항이다.

예를 들면 야생동물의 무리에서 상위개체가 하위개체를 마운팅하는 행위.

시시하다.

정말 웃기지도 않는다.

"…카나메 씨."

한참 숨을 들이마시고, 천천히 숨을 내뱉고, 나는 표적을 응시했다.

각오라면 이미 굳게 해두었다.

나는 지금부터 거짓말을 한다.

나나코 씨가 거짓말을 하지 않아도 되는 장소를 지키기 위해서.

"아마 조금 착각하는 모양인데."

"착각⋯이라니?"

"간단히 말하자면, 나도 메구도 나나코 씨랑 함께 놀지는 않아."

"뭐, 뭐⋯라고⋯?"

연기하는 듯한 반응. 반신반의라고 해야 할까.

나나코 씨를 보호하기 위해 내가 얼버무리고 있다는 가능성도 당연히 오타히메는 생각하고 있을 것이다.

"아, 뭐, 어떤 의미로는 사이좋게 지내고 있다고 말할 수도 있으려나?"

"응응~? 그건 대체 무슨 의미로?"

"⋯이건 되도록 말하고 싶지 않았는데."

무스와 왁스와 스프레이로 세팅한 리얼충 헤어를 손끝으로 만지작거리며, 귀찮음과 쑥스러움이 뒤섞인 분위기를 연출하며 말했다.

"미술부 부실, 러브호텔 대용으로 쓰고 있거든."

"히익?!"

오타히메의 입에서 들어본 적 없는 목소리가 새어나왔다.

이건 아마 진심에서 우러난 리액션일 것이다.

"메구랑 사귄 직후에는 시부야의 러브호텔에 다녔는데, 역시 돈이 너무 많이 들더라고. 그런데 우연히 알게 된 미술부 부실이 딱 좋아 보이는 데다 부원도 한 명뿐이라는 이야기를 들었거든. 그때는 완전히 예~이! 라는 느낌이었어. 하이파이브를 해버렸지."

거짓 설정을 늘어놓는다.

리얼충 남자가 할 만한 소리를, 리얼충 남자가 할 것 같은 말투로.

아니다. 거짓말을 할 때 거짓말을 하고 있다는 의식은 버리는 편이 좋다.

나는 여친 있는 리얼충!

나는 여친 있는 리얼충!

나는 여친 있는 리얼충!

가슴속에서 자기암시의 문장을 몇 번이고 되뇌었다.

아, 나도 안다.

내가 리얼충이 될 수 없다는 건 스스로가 가장 잘 안다.

하지만 지금 나는 리얼충이 아니면 안 된다. 리얼충이

아니고선 지키지 못하는 게 있다. 나나코 씨를, 아이돌 파이브를, 좋아하는 것을 좋아한다고 말할 수 있는 장소를, 포교활동을 하거나 포교활동을 당하거나 하는 장소를, 리얼충이 아니라면 지킬 수 없으니까.

그러니 나는 리얼충이 되겠다.

얼마든지 리얼충이 되어주겠어.

지금의 나는 나조차 아니다.

리얼충이라는 개념 자체다.

"이 방은 지하 2층 제일 안쪽에 있고 사람도 잘 안 오잖아. 게다가 문도 잠글 수 있으니 그야말로 완벽하지. 조금 더러워져도 나나코 씨가 나중에 청소도 해주니까."

"…처, 청소."

오타히메의 얼굴이 새하얗게 질렸다.

이차원을 사랑하는 오타쿠쪽 인간에게, 날것처럼 생생한 리얼충의 3차원적 에로스는 상상만으로도 정신적 대미지를 주는 맹독이다.

Q. 오타쿠는 어째서 시부야를 싫어하는가?

A. 리얼충이 섹스하기 위한 거리니까.

시부야의 공기에는 섹스가 미립자 레벨로 존재하고, 호흡만 해도 폐가 3차원에 침식당해 버린다.

지금 오타히메는 상상하고 있을 것이다.

3차원에 오염되어 버린 미술부 부실을.

울면서 제염작업을 하는 나나코 씨의 모습을.

"…그래서, 나나코 씨, 요즘 자주, 미술부에?"

"여기를 그런 식으로 쓰고 있다는 건 웬만해선 공공연하게 밝히고 싶지 않아. 미술부 부실에서 우리가 즐기는 모습을 엿본다든가 몰래 엿듣는 짓은, 절대로 당하고 싶지 않으니까."

"…즈, 즐기는, 앗, 넵."

굳은 웃음을 지으면서, 오타히메는 천천히 벽을 타고 움직여 길을 열어주었다. 조금이라도 나에게서 거리를 두고 싶다는 본능적인 회피행동이겠지.

회피해야 하는 대상은 나나 메구뿐만이 아니다.

지금의 대화를 들었으니 미술부 부실에도 다시는 접근하고 싶지 않을 것이다.

그거면 된다.

오타히메는 아키하바라나 가면 된다.

언제나 패권의 편에 서서, 노래를 하든 춤을 추든 마음대로 하면 되는 것이다.

여기는 오타쿠가 아닌 내가, 아니, '우리'가 '즐기는' 장소니까.

"그런데 아까, 미술부를 폐부한다고 말하지 않았어?"

"…어, 아, 그, 그건."

"이 학교는 부원이 1명이어도 별 문제는 없지 않아? 나는 나나코 씨한테서 그렇게 들었는데."

"…화, 확실히, 그렇습니다만."

"다만?"

"…그, 그렇다고 정말로, 부원이 한 명밖에 없는 곳은, 미술부뿐이라, 그것도 조, 조금, 곤란하지 않나~, 라고 할까요."

"아, 그런 거였어~? 이해해, 이해해. 뭐, 카나메 씨는 학생회장이니까 그런 것도 신경 써야하는 입장이겠지. 정말 고생 많네. 하지만 이 방을 쓰지 못하면 우리도 좀 곤란하거든."

여유만만한 웃음을 지으며 메구에게 시선을 보냈다.

무언의 아이컨택트.

눈으로만 전하는 GO 사인.

그것을 확인한 후에, 나는 메구의 손을 꽉 잡아당겼다.

"그러니까, 실은 나랑 메구가 미술부원이었다는 걸로 처리해 주지 않을래? 그러면 부원이 세 명이나 있으니까 폐부할 필요 없잖아? 어때?"

애니에 나오는 악당 같은 요구다.

애니에 나오는 학생회장이라면, 분명 그 절대적 권력을 발휘해 이런 나쁜 리얼충을 격퇴해 버릴 것이다. 선량한 오타쿠는 구원받고, 뭐 얼추 해피엔딩.

하지만 현실은 그렇게 단순하지 않다.

학생회장에겐 별다른 권력이 없다.

학생회장을 화나게 했으니 폐부 되어도 어쩔 수 없다는 오타쿠들끼리의 공통인식이, 그런 내부자들의 분위기가, 리얼충에게는 통용되지 않는다.

"…세, 세, 명이나, 있으면, 폐부는, 여, 역시, 생각할 필요 없겠, 없겠죠?"

리얼충으로 변해버린 내 요구에, 오타히메는 이렇게 대답하는 수밖에 없다.

아아, 하여간 리얼충은 대단한 생물이라니까.

❖　❖　❖

방금 전까지 그렇게 소란스러웠던 지하 2층 복도는 어느새 완전히 고요해졌다. 오타히메가 도망치듯 자리를 뜨자 부실 앞에는 나와 메구만 남았다.

"나나코 씨, 이젠 괜찮으니까 문 열어 줘."

문 너머로 말을 걸었다.

대답은 없었다.

하지만 몇 초가 지나자 철컥, 하고 잠금장치가 풀리는 소리가 들렸다.

안쪽에서 문이 열리더니, 거기에는 영혼이 빠져나간 듯한 얼굴이.

"…료타 씨."

나나코 씨가 내 이름을 불렀다.

하이라이트가 사라진, 완전히 탁해진 눈동자에 빛이 돌아왔다.

"…고, 고마, 워."

그리고 그렁그렁한 눈물도.

"나, 나, 이제 괜찮은 거야? 뭐가 뭔지… 전혀, 모르겠지만, 폐부는… 없던 얘기가 된 거지? 부실도, 들키지 않은 거지?"

"응, 전부 오케이야. 학생회장이 자기 입으로 미술부는 폐부 되지 않는다고 말했으니까. 부실 안을 보지도 않았고."

"…그, 그럼, 미코미를, 지킬 수 있었던 거지?"

"그래. 미코미는 사라지지 않아."

"…미코미는, 사라지지 않아."

"사라지지 않아. 나나코 씨가, 쭉 지켜왔으니까."

"…내가, 쭉."

"그렇지? 그러니까 앞으로도 쭉, 괜찮을 거야."

"…료, 료타 씨. 고마워, 정말로, 고, 고마, 으…으아아아아아앙!!"

여기까지가 한계였는지.

팽팽해졌던 실이 끊어진 순간, 나나코 씨는 그 자리에 주저앉아 큰 소리로 울음을 터뜨렸다.

그 사건으로부터 9개월 동안. OTA단의 분위기를 읽고 카나메 씨의 안색을 살펴가며, 패권의 편에 선 그림쟁이로서 매번 랭킹 상위를 따내가면서 최후의 성역인 이 방을 지켜왔으니까.

그런 장소를 들킬 것 같아서, 빼앗길 것 같아서, 끝날 것 같아서, 너무나 무서워서 견디기 힘들었겠지.

15분쯤 전에 다시는 오지 말라고 말한 상대에게, 도움을 요청하지 않으면 안 될 정도로.

나야말로 고마워.

나한테 의지해 줘서, 고마워.

덕분에, 어떻게 되긴 된 것 같아.

"히, 히끅, 으윽, 다행, 다행이야, 으, 으아아앙~."

나나코 씨는 도무지 울음을 멈출 낌새가 없었다.

나는 잠시 생각하다가, 웅크리고 앉아 나나코 씨에게 눈높이를 맞추고 머리를 부드럽게 쓰다듬었다.

만약 내가 리얼충이었다면 망설임 없이 끌어안고, 아무런 맥락도 없이 입술을 빼앗고, 별다른 근거도 없이 영원한 사랑 따위를 나불대면, '엔다아아아아아~~~~~~이야~~~~~~' 같은 BGM이 흐르겠지만.

지금 나는 리얼충이 아니니까.

나나코 씨 앞에서는, 미술부 부실에서는 리얼충이 아니어도 되니까.

"다행이다. 정말로, 다행이야."

그래서 우는 여자아이를 말없이 끌어안아 주는 리얼충 특유의 행동은 하지 못한다.

이렇게 머리에 손을 얹어주는 정도가, 나와 나나코 씨에게는 딱 적당하다.

몇 분 후.

나나코 씨의 상태가 진정되었을 때쯤, 나와 메구는 우리의 관계에 대해, 어제부터 오늘까지 있었던 일들에 대해 숨김없이 전부 털어놓았다.

"석 달 한정, 여친, 이라는 건, 그런 뜻이었구나⋯."

나나코 씨는 온몸의 힘이 빠져버린 듯했다.

미코미의 봉제인형을 떨어뜨릴 뻔하다가 아슬아슬한 타이밍에 받아낸 건, 아마 애정의 힘이라고 해야 하리라.

"미안해. 나 때문에 이야기가 엄청 복잡해졌네."

"괘, 괜찮아. 나야말로, 이래저래, 민폐를."

"변명처럼 들리겠지만, 나나코한테는 원래부터 되도록 일찍 사실을 말해 주려고 생각했어. 하지만 좀 더 일찍, 오늘이 되기 전에 말해야 했던 거구나."

"아, 아니, 그, 그러니까, 메구가, 사과하지 않아도, 되니까, 으음."

사과를 받는 쪽이 미안하다는 듯한 얼굴을 하고 있잖아?

아니, 방관이나 하고 있을 때가 아니다.

나도 마찬가지로 나나코에게 사과해야 한다.

"…이번 일은, 내 설명이 불충분한 바람에 오해를 하게 만들어서, 미안."

"하, 하지만, 료타 씨는, 메구의 비밀을 지켜주려고 했던 거였지?"

"…아니, 뭐, 그렇기는 하지만, 그건 그것대로, 조금 더 말을 잘할 수도 있지 않았을까, 라고 할까, 커뮤니케이션 능력이 너무 낮았다, 라고 할까."

"아, 으음, 그럴지도, 모르지만."

긍정당해 버렸다.

그야 도저히 부정할 수가 없을 테니까, 그럴 수밖에.

"료타 씨가, 딱히, 커뮤니케이션 장애라는 생각은…."

"오히려 표현이 더 강해졌잖아."

"앗, 아, 아냐, 으음, 하지만, 료타 씨는, 애드립이 약할 뿐이고, 말할 내용을, 준비해 두면, 대단하잖아?"

"커뮤니케이션 장애의 전형적인 특징이라고~."

"아, 으으, 그게 아니라, 실제로, 대단했어! 으음, 그, 러브호…."

나나코 씨의 목소리가 점점 작아졌다. 창피한 듯이 고개를 숙이고 몸도 작게 움츠러들었다.

그러지 말아 줘.

그런 태도를 보이면 나도 창피해지잖아.

"…아까 그건, 응. 확실히 그래. 무슨 말을 할지, 사전에 완벽하게 준비한 패턴이었지."

"메구랑, 의논해서, 만들어둔 거지?"

"전부 료타가 생각한 건데?"

"그, 그래?"

"그야 나는 그런 거 못 떠올리니까. 대단해, 료타."

솔직하게 감탄했다는 말투로 메구가 나를 치켜세웠다.

그러는 김에 짝짝짝, 하고 작게 박수도 쳐 줬다.

이런 데에서 높은 커뮤니케이션 능력치가 드러난다고 생각한다.

"…리얼충이 리얼충하는 리얼충으로 리얼충한 공기에 오타쿠는 접근하기 싫어하거든. 교실에서 고백을 한다거 나… 엄청난 민폐잖아? 깜빡 놓고 간 물건도 가지러 못 들 어가고."

"그거, 나한테 말해도 곤란한데."

"그럴지도 모르지만, 실제로 우리는 도망쳤으니까 말 야."

"그, 그야, 방해하면 안 된다, 고 생각해서….'"

"리얼충의 진지에 오타쿠는 들어오지 않아. 그러니까 미술부 부실을 리얼충의 진지라고 생각하게 만들면 이쪽 의 승리. 단순하지만 아무래도 리얼충들이 떠올리기는 힘든 발상이지."

리얼충의 진지에 오타쿠는 들어오지 않는다.

오타쿠의 진지에 리얼충은 들어온다. 가끔이긴 해도.

사양하는 것을, 상대의 영역에 발을 들이지 않는 것을, 마치 나쁜 행동처럼 여기는 게 리얼충들의 문화니까.

"하지만 여러 가지 의미로 나 혼자서는 할 수 없는 방법이었어. 칭찬할 거라면 메구를 중점적으로 해 줘. 메구는 나를 칭찬하는 데에 능숙하지만 나는 메구를 칭찬하는 데에 서투르거든. 조금 불공평해져 버렸어."

이 작전에는 결함이 있다.

여친이 없다면 실행할 수 없다는 치명적인 결함이.

게다가 평범한 여친이라면, 진담이든 거짓말이든 교내에 남친과 야한 짓을 위한 공간을 확보하고 있습니다~(하트) 같은 소리를 발설하는 걸 허락할 리 없다.

하지만 메구는 흔쾌히 받아들여 주었다.

확실히 우리는 일반적인 커플 관계는 아니지만. 이상한 시선을 받거나 이상한 소문이 퍼질 리스크는 당연히 존재할 테고, 그런 디메리트를 잘 알 텐데도 메구는 협력해 주었다.

"메구 덕분에, 우여곡절 끝에 여기를 지켜낼 수 있었어."

부실 안을 빙글 둘러보았다.

선반에도 벽에도 아이돌 파이브의 굿즈가 잔뜩 늘어서

있다. 그 중 절반은 작년 여름방학이 끝날 무렵, OTA단 부실에서 처분될 예정이었던 물건들이다.

"일단은 해피 엔드, 라는 느낌이 아닐까?"

"…고마워."

나나코 씨는 행복을 곱씹는 듯한 표정으로,

"료타 씨도, 메구도, 정말로, 고마워. 에헤헤헤."

거짓말을 한 보람이 있었다.

거짓말을 해서 다행이다.

몸속 깊은 곳에서 치밀어 오르는 이 기분을 뭐라 부르면 좋을까.

달성감?

안도감, 이라고 말하는 편이 좋을지도 모르겠다.

드디어 나도 긴장이 풀렸는지, 익숙하지 않은 행동에 대한 정신적 피로가 단숨에 밀려왔다. 뒤늦게 손이 떨리고 목도 바싹바싹 마른다.

…뭐, 꽤 무리했던 건 사실이니까.

쓴웃음을 짓는 내 앞에 500밀리리터 캔이 나타났다.

나나코 씨가 미소를 지으며 많은 말 대신 한 마디만 했다.

"사이다, 마실래?"

"…고마워."

아이돌 파이브 1기가 방송되던 때, 아키하바라 한정으로 판매되던 레어 아이템.

아이돌 파이브가 끝난 콘텐츠가 되기 전에는 인터넷 옥션에서 정가의 몇 배를 줘야 겨우 입수할 수 있었던 귀한 물건.

그런 것을 이제 와서 일일이 설명할 필요는 없다.

해야 하는 일은, 하고 싶은 일은, 너무나 심플하니까.

"자, 메구도."

"와아−, 고마워."

"뚜껑은 땄어?"

"땄어−."

"자, 그럼….”

"그럼….”

"어? 아, 응."

""하나~ 둘~.""

"사랑해."

"건배."

다시금 실감한다.

아무래도 나는 잃지 않을 수 있었던 것 같다.

거짓말을 하지 않고, 남의 안색을 살피지 않고, 계절에

끌려다니지 않고, 동조압력에 노출되지 않고, 우정의 가면을 쓴 악의에도 노출되지 않고, 단순히 좋아하는 것을 좋아한다고 말할 수 있는.

그런 장소를, 나는, 지키는 데에 성공한 것 같다.

❖　　❖　　❖

오후 수업이 끝나고 시각은 4시 반.

나와 메구는 공원 벤치에 앉아 있었다.

여기에 온 건 세 번째다. 처음 왔을 때 머리카락에 불이 붙어 죽을 뻔했던 트라우마는, 두 번째로 왔을 때 메구에게 고백받은 충격으로 덧씌워져 이젠 결과적으로 좋은 인상만 남았다. 멋진 공원이네요. 연못도 참 아름답고요.

여기서 우리는 뭐 하고 있는 거지?

흔한 표현으로는 방과 후 데이트다.

나와 메구는 커플이고 둘 다 부활동도 하지 않으니, 리얼충적 가치관에 비추어보면 방과 후 데이트를 안 하는 게 더 부자연스럽다.

논리는 이해하지만, 그럼 구체적으로 뭘 어떻게 하라는 것인가?

단, 남친은 여친을 언제나 즐겁게 해주어야 하고, 인상적인 서프라이즈를 준비해야 하고, 손톱이 예쁘다든가 하는 작은 변화에도 눈치채 줘야 하고, 물론 헤어스타일도 무스와 왁스와 스프레이로 세팅해둘 필요가 있다.

귀찮다.

뭐, 노력은 해보겠지만.

그 기념비적인 제1회가 시작되고 얼마 지나지 않아, 나는 곧바로 한 소리 듣는 신세가 되었다.

"뭐랄까, 나만, 분위기 못 맞추는 사람이 되어 버렸어."

"…미, 미안, 내 설명이 부족해서, 괴로운 경험을 하게 만들었….."

"괴로운 경험이라니, 표현이 너무 심각해서 재밌네. 으음, 하지만 맞아. 뭘 하려는 건지 전혀 알 수 없어서 곤란했던 건 사실이야."

메구가 웃으면서 언급하는 건 점심시간의 '사랑해', '건배' 얘기다.

응, 그러게.

이건 미리 해설해줄 필요가 있었는데.

달성감과 안도감으로 긴장이 풀리는 바람에 전혀 메구를 배려하지 못했다. 월요일의 실패에서 학습한 것이 전혀 없다.

메구의 입장에선 사이다를 건네받아 마시려는데 갑자기 미지의 풍습이 시작되어 버린 꼴이다. 그래서 일단 말없이 건배만 하는 수밖에 없었다. 곧바로 깨닫고 수습하긴

했지만, 정말로 면목이 없다.

커뮤니케이션 능력이 높은 메구라서 그나마 웃긴 에피소드로 넘어가 주었지만.

커뮤니케이션 능력이 낮은 나였다면 빨리 돌아가고 싶어서 견디기도 힘들었으리라. 죽고 싶은 마음이 가속되었겠지. 저번 주 금요일 노래방처럼.

"신경 안 써도 되거든? 나를 그렇게 신경 써주니까, 왠지 좀 미안한 기분이 들어."

"…그렇게 말해 주시니, 넵, 마음에 큰 위안이 됩니다."

"그러니까 그, 공부 모임? 그것도 나는 역시 안 가는 게 정답이었다고 생각해. 대학입시를 공부하는 자리에서 초등학생이 한 명 앉아 있다면 그것도 좀 곤란하잖아?"

"…확실히, 응. 나나코 씨를 위해서든 메구를 위해서든 그게 정답이었을 거야."

포교 활동을 공부 모임이라고 호칭하는 센스는 엉뚱한 듯하면서도 핵심을 찌르는 느낌도 있어 미묘하게 판단하기가 힘들다. 어느 쪽이든 메구는 오지 않는 편이 좋을 것이다.

…그렇다.

나를 상대로 한 나나코 씨의 포교 활동은 다시 시작 된다.

나는 나나코 씨 앞에선 리얼충이 아니어도 되니까. 그

논리를 나나코 씨도 이해해 주었으니까. 그리고 무엇보다 미술부 부실을, 포교 활동을 위한 장소를 제대로 지켜냈으니까.

이미 아무런 지장도 없다.

모순은 1밀리도 없다.

다행이다. 정말 다행이다.

"총 25번…이라고 했지?"

"아니, 뭐, 일단 25번이 최소…려나?"

"더 늘어나는구나?"

"늘어나지 않는다는 보장은 없어."

"흐음─?"

평소와 다르지 않은 조금 졸려 보이는 눈동자로, 메구는 내 얼굴을 가만히 들여다보았다.

"그거, 주 몇 회 정도야?"

"아마 주 2회? 나나코 씨가 방과 후에 OTA단에 가지 않아도 되는 날이 대략 그 정도라고 말했으니까."

"그럼 나랑은 주 3회 하자."

"뭘?"

"방과 후 데이트."

"…뭐?"

의표를 찔렸다.

나나코 씨를 생각하던 머리가, 순식간에 메구로 전환되

었다.

"료타."

"…네."

"앞으로도, 나와 사귀어 주는 거지?"

"…무, 물론."

"그럼 지금은 내'가' 료타의 여친인 거지?"

'가'에 강한 액센트.

"일단 지금은 나랑 사귀고 있으니까. 나를 최우선으로 해 줘. 나나코랑 주 2회라면 나랑은 주 3회. 그러지 않으면 여러 의미로 좀 이상하잖아?"

"…아, 아아, 응. 그러게. 이상하지."

"좋아, 그럼 그런 식으로."

메구는 만족한 듯이 미소를 지었다.

"앞으로도 쭉, 잘 부탁해."

"…잘 부탁, 드립니다."

천사의 웃음 뒤에 소악마의 그림자가 살짝 엿보인다.

어떻게 발버둥을 쳐도 메구에게는 이길 수 있을 것 같지가 않다. 손바닥 위에서 컨트롤 당해 버린다. 나는 그런 운명인 걸까.

"그래서 시간은 언제가 괜찮아? 나나코의 일정에 달렸겠지만."

"…으음, 일단 내일은 괜찮아. 나나코 씨는 오늘이랑 내일 OTA단에 가야 한다고 말했으니까."

"공부 모임은, 다음 주부터?"

"응, 월요일이나 화요일."

그때 문득 떠올랐다.

"…어차피 주말 지나서니까, 내가 할 수 있는 범위 내에서 예습을 해둘까."

"예습이라니?"

"1기는 예전에 사뒀으니까, 집에서 볼까 싶어서."

"어, 그럼 혹시, 애니를 보기 위한 준비로 애니를 본다는 거야?"

"뭐, 그런 셈이지."

"재밌다."

재미있다고 받아들이다니~.

예의범절의 범주라고 생각했는데~.

"그보다 대단하네. 나나코도 료타도, 정말 진지한 순도 100퍼센트 오타쿠구나."

"…글쎄, 그건 잘 모르겠어."

생각해 보았다.

나는 과연 오타쿠일까?

아마 아닐 것이다.

진짜로 오타쿠였다면 나는 분명 OTA단을 그만두지 않았다.

그럼 리얼충일까?

이것도 아니다.

정말로 리얼충이었다면, 나는 지금 키노모토쪽 그룹에 녹아들어 있을 것이다.

오타쿠도 아니다.

리얼충도 아니다.

어느 쪽에도 소속되지 않은 어중간한 인간은, 도쿄의 고등학교에선 청춘을 구가할 수 없는 구조였을 텐데.

"…조금 이상한 질문 해도 돼?"

"응, 돼~."

"청춘이란 뭐라고 생각해?"

"앗, 생각보다 더 이상한 질문이네."

냉정한 지적에 내 기세도 영하까지 떨어졌다.

"…그럼 괜찮아, 대답하지 않아도."

"에이, 잠깐. 확실히 의미불명의 질문이기는 했지만. 왜 그래, 갑자기?"

즐거운 듯이 히죽히죽 웃으며 메구가 검지로 쿡쿡 찔러댔다.

코.

턱.

어깨.

가슴.

그 외에, 상반신 여기저기를.

"잠깐, 그, 그만."

"음-, 계속해야지-."

"아앗. 대, 대체 왜, 그, 그만."

"이런 거, 료타가 느끼기엔, 청춘이지 않아?"

"…뭐?"

갑자기 시작된 연속공격은 끝날 때도 갑작스러웠다.

메구는 완전히 만족한 표정으로, 원래 위치로 돌아가 벤치 등받이에 몸을 기대었다.

"나는 지금 꽤 청춘이라는 느낌이거든."

"…그러네."

일시적으로 거칠어진 호흡을 가다듬고, 나도 메구와 같은 하늘을 바라보았다.

"그리고 아마, 나나코와 함께 애니를 보는 것도 나름대로 청춘이라고 생각해."

"…그러네."

아이돌 파이브 2기 마지막 화, 싸움을 끝낸 아이돌 마법소녀들 다섯이 각자의 일상으로 돌아가 문득 하늘을 올려다보는 C파트의 연출을 떠올린다. 재생할 때마다 나나코 씨가 눈물을 흘리는 통에 각 장면의 해설이 끝나기까지 10분 이상 걸렸을 것이다.

그리고 깨달았다.

나, 청춘을 구가하고 있구나.

리얼충에도 오타쿠도 되지 못하는 어중간한 인간이지만.

나는 누구인가? 라는 철학적 질문을 아무리 반복해도 아직 답은 보이지 않지만.

메구와의 관계도, 나나코 씨와의 관계도, 조건이나 제약이 너무 특수해서 일반적인 리얼충이나 오타쿠와는 거리가 멀지만.

"…이런 것도, 나쁘지 않네."

그런 말을 중얼거리며 상체를 일으켜 다시금 공원의 경치를 둘러보았다.

정기적으로 청소를 하는 모양이다.

일주일쯤 전에 반코네 굿즈를 불태웠던 모닥불의 흔적은 이미 아무것도 남아 있지 않았다.

"흐음~, 그래서, 너는 ●●●●●의 캐릭터 중에 누구를 좋아해?"

"호오 ㅋㅋㅋ 소위 말하는 스트레이트한 질문 등판이군요 ㅎㅎㅎ 어이쿠 ㅎㅎㅎ 소생이 그만 '등판' 따위의 인터넷 용어를 ㅎㅎㅎ 뭐, 소생은 ●●●을 좋아한다고는 하지만 흔히 말하는 라노벨로서의 ●●●가 아니라 SF작품으로서 보는 조금 특이한 인간입니다만 ㅎㅎㅎ 댄 시먼스의 영향이지 말입니다 ㅎㅎㅎ 푸헙 ㅎㅎㅎ 아, 이거 실수로 마니악한 지식이 나와 버렸네요 ㅎㅎㅎ 아, 실례, 실례 ㅎㅎㅎ 뭐, 모에 메타포로서의 ▲▲는 순수하게 잘 만들어졌다고 평가해줄 수도 있습니다만 ㅎㅎㅎ 저처럼 한 걸음 물러서서 보면 말이죠 ㅎㅎㅎ 포스트 에바의 메타포와 상업주의의 키치함을 계승한 캐릭터로서 말하는 겁니다요 ㅎㅎㅎ ■■■■■의 문학성이라면 ㅎㅎㅎ 토호호호 ㅎㅎㅎ 이런 식으로 말하니까 소생이 꼭 오타쿠 같네요 ㅎㅎㅎ 소생은 오타쿠가 아닌데 말입니다 ㅎㅎㅎ 크흠흠."

못 볼 걸 보여드려서 죄송합니다.

앞서 인용한 것은 10년쯤 전에 유행한 어느 인터넷 글의 카피&페이스트입니다. 문장 속의 고유명사(편집부 주·출판사 판단으로 가렸습니다)에 그리움을 느끼는 분, ▲▲이 누구야? 전함? 이라는 분, 각자 받아들이는 방법은 제각각이라 생각하지만 아무튼 10년 전 문장입니다.

10년에 걸친 '포스트 ●●●'의 시대에서 오타쿠라는 단어의 의미는 조금씩 변화했습니다. 10년 후를 살아가는 우리가 10년 전의 문장에 위화감을 느끼는 것도 무리는 아닙니다.

그리고 그렇기에 이 작품이 성립하는 것이겠지요.

인사가 늦었습니다. 이 책『리얼충도 오타쿠도 되지 못하는 나의 청춘』을 선택하고 읽어주셔서 대단히 감사합니다.

이 작품은, 현재를 살아가는 수많은 '나'의 이야기입니다. 모두에 인용한 글이 쓰였던 시대, 오타쿠라는 단어가 고전적인 의미밖에 갖지 못했던 시대에는 결코 성립할 수 없는 이야기입니다. 그런 이야기가 지금 여기에, 으음, 성립하고 있다니~! 와~ 대단해~! (갑자기 IQ저하).

…라는 관계로, 리얼충도 오타쿠도 아닌 수많은 '나'에게 보내는 신·청춘 라노벨을 기대해 주셨으면 좋겠습니다.

그리고 이미 인생이 견디기 힘들 정도로 즐거운 분들은 어서 시부야나 아키하바라로 돌아가 주십시오.

리얼충은 읽지 마!

오타쿠도 읽지 마!

이것이 '나'끼리 공유하는 암구호입니다.

히로사키 류

속·후기

독자분께서 이 속·후기를 읽고 계신다면 이 책도 무사히 발매되었다는 뜻이 되겠지요.

이 책 『리얼충도 오타쿠도 되지 못하는 나의 청춘』은 2017년 6월 발매 예정이었지만, 제작상의 사정으로 같은 해 9월로 발매가 연기되었습니다. 기다려 주신 독자분들께 다시금 사과의 말씀을 드립니다. 죄송합니다.

그 3개월 동안 무슨 일이 있었는지는 여러분의 상상에 맡깁니다만, 후기(앞 페이지)의 글자가 잔뜩 가려져서 돌아왔을 때는 솔직히 어이가 없었다는 말씀만 드리겠습니다.

이야~.

하여간 말이지.

K사와 일하는 건 너무 고생스럽다니까요!

그런 고생스러운 일을 받아들여 미려하기 그지없는 일러스트로 작품을 장식해주신 토우마 키사 씨에게는 고개를 들 수가 없습니다. 정말로 감사합니다.

이상, 가벼운 뒷이야기였습니다.

독자 여러분과 직접적인 관계가 없는 이야기를 잔뜩 늘어놓는 것도 세련되지 못한 행동이니, 암구호를 한 번 더 복창하는 것으로 맺음말을 대신할까 합니다.

리얼충은 읽지 마!

오타쿠도 읽지 마!

그리고 K사의 높은 분들도 읽지 마!

이건 수많은 '나'를 위한 청춘 라노벨이라고!

히로사키 류

RIAJU NIMO OTAKU NIMO NARENAI ORE NO SEISHUN Vol.1
©RYU HIROSAKI 2017

Edited by 전격 문고
First published in Japan in 2017 by KADOKAWA CORPORATION, Tokyo.
Korean translation rights arranged with KADOKAWA CORPORATION,
Tokyo through Korea Copyright Center Inc.

———

리얼충도 오타쿠도 되지 못하는 나의 청춘

초판 1쇄 ㅣ 2020년 05월 25일

지은이 히로사키 류 ㅣ **일러스트** 토우마 키사 ㅣ **옮긴이** 주원일
펴낸이 서인석 ㅣ **펴낸곳** 제우미디어 ㅣ **출판등록** 제 3-429호
등록일자 1992년 8월 17일 ㅣ **주소** 서울시 마포구 독막로 76-1 한주빌딩 5층
전화 02-3142-6845 ㅣ **팩스** 02-3142-0075 ㅣ **홈페이지** www.jeumedia.com

ISBN 978-89-5952-870-7
          978-89-5952-876-9 (set)
*파본은 구입하신 서점에서 교환해 드립니다.

ㅣ **JM노벨 트위터** twitter.com/JMBOOKNOVEL

만든 사람들
출판사업부 총괄 손대현 ㅣ **편집장** 전태준
책임편집 서민성 ㅣ **기획** 박건우, 안재욱, 양서경, 이주오
디자인 총괄 디자인그룹 헌드레드 ㅣ **제작, 영업** 김금남, 권혁진